Laura's eiland

Lees alle boeken van

4ever

Judith Eiselin – *De echte Floor*
Hans Kuyper – *Dag lieve, lieve Marit*
Lydia Rood – *Sammy of Samir?*
Anneke Scholtens – *Laura's eiland*

www.4ever4you.nl

Meer over de auteur op www.annekescholtens.nl

Anneke Scholtens

Laura's eiland

Leopold / Amsterdam

Eerste druk 2005
© 2005 tekst: Anneke Scholtens
Omslagfoto/illustratie: Joyce van Oorschot
Omslagontwerp: Rob Galema
Uitgeverij Leopold, Amsterdam / www.leopold.nl
ISBN 90 258 4618 1 / NUR 284

Passen

'Heb je hier al gekeken?' riep Koos.
Laura schrok op. Nee, ze had nog nergens gekeken. Ze stond te dromen en vooral te doen alsof ze ergens naar zocht. Schuldbewust keek ze opzij naar haar vriendin die haar vingers over de hangertjes liet wandelen.

De zaterdagavond kwam eraan en het uitzoeken of alleen al het passen van kleren hoorde bij de voorpret.

Geroutineerd gleden Koos' handen over de stof. Ze keurde de kleuren en de patronen. Af en toe duwde ze de klerenrij even open om hem vrijwel meteen weer met een ongeduldig gebaar dicht te kletsen.

Laura voelde aan het kettinkje om haar hals. Als ze een shirt of bloesje vond in die kleur, dan kon ze dat aandoen morgen, wanneer ze naar haar vader ging. De meeste vaders zagen die dingen niet, maar Maarten wel. Die zag er zelf ook altijd goed uit.

Opnieuw boog ze zich over een bak met shirtjes.

'Pfff,' zuchtte Koos. Ze stak een turquoise vestje de lucht in.

'Zie je eindelijk iets leuks, zitten er weer van die vage knopen op!'

'Kunnen die er niet af?'

'Nu, bedoel je?' Koos lachte.

'Nee, thuis.'

Koos bekeek het vestje aandachtig, duwde een knoop opzij en wreef met een duim over de stof.

'Volgens mij vallen de gaten er dan in. Hé, moet je dit zien, die pet is goed.'

Ze deed een greep in een grote mand, waarin zonnehoeden en petjes lagen met fel-oranje gekleurde stickers erop en liet een rood exemplaar met dikke witte stippen tussen duim en wijsvinger schommelen. Ze draaide het om en om op zoek naar het prijskaartje.

'Kost niks zeker,' zei ze schouderophalend en plantte het ding op haar hoofd.

'Die moet andersom.' Laura trok de klep naar achteren en gaf er een ruk aan zodat de voorkant over Koos' wenkbrauwen zakte.

'Nou nog wat charmanter kijken.'

Koos draaide met haar ogen en krulde haar bovenlip hoog op.

'Zoiets?'

Lachend leunde Laura tegen de bak. Naast haar woelde een mevrouw verwoed door het restant petjes.

'Hé zeg,' zei ze opeens met een hoog schor geluid. 'Dat is míjn zonneklep. Die heb ik even afgezet om te kunnen passen!'

'Deze?' vroeg Koos. Met een ongelovig gezicht rukte ze het petje van haar hoofd en gaf het terug aan de vrouw. Ze wilde zich snel omdraaien, maar haar lach ontsnapte voor ze zover was. Laura probeerde haar mond strak te houden, maar barstte toen pas echt in lachen uit. Samen struikelden ze naar een hoek van de winkel om daar tegen elkaar aan te vallen.

'Hé zag, dat is mijn zonneklap,' zei Laura met een samengetrokken mondje. En weer lagen ze dubbel. De tranen liepen over hun wangen.

Het duurde een minuut of tien voordat ze weer gewoon konden ademhalen, maar Laura hoefde maar 'Hé zag!' te roepen of de gierende uithalen begonnen opnieuw.

'Zullen we nog even rokken kijken?' vroeg Koos terwijl ze met de rug van haar hand over haar gezicht wreef. 'Zit mijn mascara nog in de buurt van mijn ogen, trouwens?'

'Ja, hier op je wang.' Laura veegde met haar wijsvinger een zwarte veeg onder Koos' oog weg. 'Wou je iets voor vanavond?'

'Als het lukt.'

'Komt híj ook naar de kroeg?'

'Wie?'

'Je broer, nou goed.'

'Oooh, Milan!' Koos gaf Laura een por. 'Pestkop!'

'Ik? Je beste vriendin?'

Het klonk onzeker – alsof Laura daar zelf aan twijfelde. Toch was dat niet zo. Hooguit verbaasde ze zich erover dat Koos haar niet te stil vond of een piekeraar. Zelf leek Koos alles veel makkelijker te doen, veel eerder en beter te weten wat ze wilde.

'Milan is zó leuk,' zei Koos nu op een heel andere toon. 'Je hebt hem nog nooit gezien, maar...'

'Maar toch weet ik dat hij gróót en brééd en móói is met zwart haar en bruine ogen en eh...'

'Hoe kom je daarbij?'

'Heb je nog maar vier keer verteld, dus tja een oplettende vriendin, die...'

'Nietwaar trut! En je vergeet te vertellen, dat hij zo leuk lacht én dat hij een heel mooie stem heeft.'

'Laat me raden... donker en zwoel.'

'Shit, had ik dat toch al verteld?'

'Wanneer mag ik die schoonheid nou eens zien... en mijn vernietigende oordeel vellen.' De laatste woorden mompelde Laura achter haar hand als tegen een denkbeeldig publiek.

'Vanavond.'

'Echt? Komt hij vanávond naar De Fuik?'

'Misschien. Mijn lieve broertje zou het aan hem vragen.'

Laura schrok. Ze kon er niks aan doen en verbergen kon

ze haar schrik al helemaal niet, dus draaide ze zich half om.

'Een rok, zei je? Ik ga er één voor je scoren.'

Ze liep op een rek af aan de andere kant van de winkel en trok aan een paar jurken. Vanavond kwam die jongen dus ook, dacht ze, die Milan, een vriend van Koos' broer. Was dit het begin van een nieuw tijdperk? Eén keer eerder was ze Koos een tijd kwijt geweest, aan Menno. Dat had vijf maanden stand gehouden, vijf maanden en dertien dagen om precies te zijn. Het voelde als minstens een jaar. Iets afspreken was niet zo makkelijk meer, even bellen lukte nauwelijks – Koos was voortdurend in gesprek. Maar nog meer dan het praten miste Laura het lachen. Zo vaak als zij samen de slappe lach hadden! Eén snel uitgewisselde blik was voldoende, één enkel woord in de klas kon het oproepen. Heel irritant, vonden hun klasgenoten, maar zij konden er niets aan doen, het was niet tegen te houden. Zoals met die pet daarnet. Laura wist het zeker, ze hoefden straks maar een vrouw met een zonneklep tegen te komen of ze lagen alweer in een deuk. Of maandag op school als zij opeens tijdens de les zou fluisteren: 'Hé zag!', dan zou Koos het niet meer hebben. Zo ging het al jaren, zo ging het al sinds het begin van de brugklas.

En nu was er dus opeens die Milan. Misschien. 'Laat Milan een eikel zijn, please,' fluisterde ze tegen het volle kledingrek voor haar. 'Of een slome, dat is ook goed. Zo één die geen woord weet te zeggen, dat is dodelijk bij Koos. Ik kan er gewoon niet tegen, niet nu!' Met een nijdig gebaar gaf ze een ruk aan de jurken. Meteen stond ze oog in oog met een vrouw, die haar nu verbaasd aanstaarde. Jeetje, had dat mens haar hele toespraak gehoord?

Met twee handen schoof Laura de kledingrij weer aaneen. Einde van de voorstelling. Ze zuchtte. Kon ze maar even schuilen tussen die geduldig afhangende stoffen, ertegenaan leunen, haar hoofd ertussen verbergen. Waarom roken die spullen niet wat minder naar zeep en wat meer naar mens?

Opeens zag ze dat er aan het rek, waar ze nu bijna tien minuten voor stond en zelfs een heel gesprek mee had gevoerd, geen rok te vinden was. Er hingen alleen maar enge, lange jurken met glimkraaltjes en truttige jasjes. Jek!

Verward keek ze om zich heen. Koos stond met een arm vol rokken voor de paskamer en wenkte. Die had haar hulp niet echt nodig, zo te zien.

'Kom op, ik heb ook iets voor jou hiertussen!' gilde ze.

Samen doken ze in het pashokje aan het einde van de gang. Een geur van DKNY drong Laura's neus binnen, het luchtje van Koos. Met elk kledingstuk dat ze over de haak slingerde, kon je het beter ruiken.

Koos stond al voor de spiegel te draaien, terwijl Laura nog niet half zover was. Het bloesje dat Koos voor haar had uitgezocht, had ze nog niet eens dicht kunnen knopen.

'Hé, wat een mooi kettinkje heb je!'

Koos nam het lichtgroene hangertje op haar hand en bekeek het aandachtig. De rug van haar hand drukte zacht op de huid tussen Laura's borsten. Laura voelde haar tepels strak trekken. Ze rilde.

'Oe, dat kietelt.' Koos lachte.

'Ja, vind je het gek? Moet ik dat eens bij jou doen?'

'Nee, mag niet.' Koos kruiste haar armen over haar borsten. 'Van mij, allebei.'

'Pfff.'

'Hoe kom je aan dat dingetje? Heb je een geheime lover?'

'Zéér geheim, mijn vader.'

'Heb je het van Maarten? Zomaar?'

Laura aarzelde. Was het gek als je zomaar een kettinkje kreeg van je vader? Haar moeder, Nicolet, vroeg het vanmorgen ook al. 'Zomaar?'

'Nee-ee, omdat hij zielsveel van me houdt natuurlijk,' zei ze. 'En laat nou die rok eens zien.'

'Die sokken moet je even wegdenken,' zei Koos, wijzend op haar rose-rood gestreepte sokjes. 'Dat waren dus charmante schoenen.'

Laura keek. 'Draaien,' zei ze. Haar ogen volgden de contouren van het zwart. Als je zo slank was als Koos, stond alles prachtig. Koos had tenminste niet van die rare ronde heupen zoals zij. Als zíj zich in zo'n rok zou wringen, zag je geen mooie, vloeiende lijn, maar van die bobbels overal. Model rollade. Onwillekeurig streek ze met haar handen over haar bovenbenen.

Ze ging vlak achter Koos staan en keek over haar schouder mee in de spiegel. DKNY. Het blonde haar van Koos kriebelde in haar neus.

'Die staat geweldig, echt. Dat zal híj ook zeker vinden.'

'Tut, hou nou eens op!' Maar aan Koos' blik kon Laura zien dat ze zelf ook tevreden was.

Laura knoopte haar nieuwe bloesje dicht.

'Te strak dus.'

'Hoezo tè?'

'Moet je zien! Het trekt hier helemaal.'

'Dat is juist sexy.'

'Ja da-ag. Dit ziet eruit alsof ik iets uit de kast van mijn kleine zusje heb gepakt.'

'Ander bloesje?'

'Nee,' zei Laura. 'Ik heb geen zin meer. Kom op, we gaan wat drinken.'

Ze vond het opeens benauwd in de paskamer. En dan het idee om opnieuw al die rijen en stapels kleren door te moeten graven. Ze had een topje gekocht vanmorgen aan het begin van hun strooptocht. Dat zou ze vanavond aantrekken met een vestje erover. Tenslotte hoefde zij geen verpletterende indruk te maken op een nieuwe liefde...

'Waarom zeg je het niet gewoon tegen hem?' vroeg Laura.

Koos liet de citroenstamper in haar glas tonic op en neer dansen. 'Volgens mij weet hij het allang! Hij is al vier keer bij ons thuis geweest.'

'En kijkt hij dan naar jou? Of zit hij alleen maar met Max te praten?'

'Nee, zo interessant is mijn broer niet. En ik zorg wel dat hij míj ziet.'

Laura kon het zich helemaal voorstellen. Koos die zogenaamd onopvallend door de kamer dwaalde, een boek van de bovenste plank moest pakken en zo hoog reikte dat haar bovenbenen en een heel stuk blote rug zichtbaar werden. Desnoods zou ze zo vreemd draaien, allemaal om aan dat ene boek te komen natuurlijk, dat ook haar navelpiercing glimmend zichtbaar werd.

'Weet Max het?'

'Die merkt dat soort dingen meteen. Hij begon de eerste keer al gekke bekken te trekken, maar hij bemoeit zich er verder niet mee. Gelukkig.'

Laura keek haar vriendin aan. Grappig was het wel, die stoere Koos, die daar opeens zo onzeker haar schijfje citroen zat te pletten.

'Het is heel anders dan met Menno. Bij hem wist ik meteen dat het wederzijds was.'

Ongemakkelijk schoof Laura heen en weer op haar stoel. Hoe wist je zoiets? Zou zíj dat soort dingen ook ooit weten? Zeker weten?

'Merk je niks aan hem?'

'Aan Milan? Nee, dat is het lastige, maar tegelijk ook het leuke aan hem. Ik vind het wel spannend.'

Laura lachte.

'Ja echt!'

'Ik geloof je wel! Ik heb zelf niet eh....'

Zoveel ervaring had ze willen zeggen. Zíj was nog maar

één keer verliefd geweest en dat was een bliksemschicht, een duveltje uit een doosje, dat na een kort en uitbundig optreden weer schielijk in dat doosje terug had moeten kruipen. In de vakantie tijdens de muziekweek, nu al weer drie maanden geleden had ze een lange, blonde jongen leren kennen: Lars. Na een paar dagen viel het haar op dat hij wel erg vaak met haar wilde repeteren. En als ze met zijn allen in het bos wandelden liep hij het liefst naast haar. Ze was verliefd geworden. Gezoend hadden ze ook, op het aller-allerlaatst. Maar na die week was hij haar vergeten, haar aarzelende mail bleef onbeantwoord. Had hij het verkeerde e-mailadres opgegeven? Opbellen durfde ze niet. Als hij haar schrijven niet beantwoordde, wist zij genoeg. Een typisch geval van níet wederzijds. En zij, die dappere Laura dus, zei nu tegen haar vriendin dat ze het 'gewoon' moest zeggen.

'Ik heb niet zo'n beeld van hem,' zei ze gauw.

'Vanavond ga je hem zien, hoop ik, dan begrijp je wat ik bedoel.'

Kaat

Vanuit de gang hoorde Laura Flo praten in de huiskamer. Voorzichtig keek ze om een hoekje. Flo zat in de grote draaistoel, haar rug naar de deur. Met de koptelefoon op haar hoofd, praatte en zong ze mee met het bandje in haar cassetterecorder. Laura liep om haar stoel heen en bracht haar gezicht vlakbij dat van haar zusje.

'Mooi?' vroeg ze, terwijl ze haar lippen overdreven bewoog.

'Lion King,' zei Flo.

Laura luisterde mee aan de koptelefoon. Ze liet zich op haar hurken zakken, pakte Flo bij haar polsen en zong mee, terwijl ze met haar hoofd heen en weer deinde. 'Can you feel the love tonight?'

Flo zong nog harder dan daarvoor.

'Mag de koptelefoon af?' Laura gebaarde met haar handen langs haar hoofd. 'Kan ik het ook horen.'

Met een verbeten gezicht trok Flo aan de plug en meteen knalde de muziek de kamer in. Niet lang daarna stond Nicolet naast hen.

'Jeetje, ik denk: wat hoor ik nou, maar jíj bent weer thuis.'

'Ja,' zei Laura tussen het zingen door.

'Heb je zin in thee? Ik heb net gezet.'

Laura knikte. Ze voelde dat haar moeder ergens mee zat en ze wist niet zeker of ze dat wel wilde horen. Kon ze maar lekker zo met Flo blijven zitten wiegen op de maat van de muziek, gedachteloos meezingen, zweven in niemandsland, maar de bons waarmee Nicolet het blad met de theekoppen op tafel zette, maakte een abrupt einde aan die vredigheid.

'Ik kreeg net een telefoontje van je vader,' begon ze. Boven haar ogen zat weer die rimpel, die denkrimpel, die er zo vaak zat de laatste maanden. Laura had zich aangewend erlangs te kijken en niet te vragen wat er aan de hand was. Nicolets verdriet leek zo groot, daar bestonden geen gewone woorden voor. Het maakte Laura bang.

'We hebben het schema voor de weekenden doorgenomen, de bezoekregeling.'

'Oh handig.'

Laura probeerde de blikken koektrommel open te trekken, maar dat ging niet zo makkelijk. Ze draaide hem een kwartslag en wrikte opnieuw.

'Ja, dat wel, dan weten we waar we aan toe zijn.'

'En, waar zijn we aan toe?'

'Je vader is de hele herfstvakantie weg.'

Ze zei het op een graftoon, alsof Maarten een reis van drie maanden had aangekondigd.

'Met Kaat.'

Aha, dat was het.

'Ze gaan naar Praag.'

Met een klap liet het deksel eindelijk los. Dikke stukken speculaas met glimmende amandelen erop sprongen op tafel.

'Praag,' herhaalde Laura nadenkend, terwijl ze de kruimels zorgvuldig bij elkaar veegde. Kon ze maar opstaan en weglopen uit dit gesprek.

'Ja, uitgerekend Praag.'

'Jee zeg!' zei Laura op goed geluk. Ze liet een stukje speculaas smelten op haar tong. Wat was er in godsnaam mis met Praag?

'Daar wou ík altijd zo graag naartoe. Ik heb het er vaak met hem over gehad. Weet je nog dat mooie fotoboek, met die brug op de voorkant, dat ik ooit meegenomen heb uit de bieb? Die brug lag daar zo sfeervol, 's avonds met die verlichting. Zo romantisch leek me dat.'

Laura herinnerde het zich niet. Nicolet nam wel vaker afgeschreven fotoboeken mee uit de bieb. Zij had als medewerkster de eerste keus.

'Nou, dat vindt hij nu kennelijk ook opeens. Met Kaat. Vroeger was dat natuurlijk helemaal het verkeerde argument: romantisch! daar moest je vooral niet mee aankomen. Ik had allerlei interessante wetenswaardigheden over de stad moeten melden, compleet met jaartallen en bouwstijlen. Dan had ik een kansje gemaakt, maar gewoon iets leuk vinden... dat is voor de simpele zielen.'

Langzaam blies Laura in haar thee en keek naar de kringen die traag uiteen dreven op het oppervlak. Moest zij nu zeggen dat dat stom was van Maarten of moest ze hem verdedigen?

'Een man zal wel sentimenteler worden met het klimmen der jaren,' ging Nicolet verder.

'Jullie zijn nog maar een halfjaar uit elkaar,' probeerde Laura.

'Nou en?'

'Er zijn nog niet zoveel jaren bij geklommen, bedoel ik.'

Als Nicolet nou maar niet over Kaat begon.

'Of het komt door zijn tweede jeugd. Kaat houdt hem jong natuurlijk.'

Dat sloeg echt nergens op. Kaat was krap twee jaar jonger dan Nicolet, maar Nicolet hield er maar niet over op dat ze was 'ingeruild voor een jonger exemplaar.' Wilde ze vooral Maarten zwart maken en zelf zielig gevonden worden? Toch was haar verhaal wel beter te snappen dan Maartens verklaring, dat hij 'er niet langer tegen kon.' Wáártegen had hij Laura niet uit kunnen leggen.

'Maar het gaat wel heel hard tussen die twee. Volgens mij is het al langer bezig dan drie maanden. Ik denk meer aan ruim een half jaar, als je begrijpt wat ik bedoel.'

Laura schoot rechtop. Ja, ze begreep het heel goed. Dat de volgorde anders was geweest, bedoelde Nicolet: éérst die nieuwe vriendin en tóen pas de scheiding in plaats van andersom. Laura speelde met haar lepeltje.

'Ik ga even mijn topje passen,' zei ze. Ze stond al naast haar stoel, het lepeltje nog in haar hand.

Nicolet keek op.

'Heb je iets leuks gevonden? Sorry, ik vergeet helemaal ernaar te vragen. Laat je het aan me zien?'

Haar kamer zag er nog net zo uit als vanochtend. Haar bed lag open, de deken hing half op de grond. Schoenen lagen kris kras door de kamer, een föhn slingerde ertussen, net als de twee shirtjes, die ze eerst aan had willen trekken en een te krappe broek. Ze schoof de kleren met één beweging van haar voet aan de kant, hees het beddengoed op en stopte het zo'n beetje in.

Toen liet ze zich zijdelings op bed vallen en trok haar knieën hoog op. Een tijdje bleef ze liggen luisteren naar haar ademhaling. Ze was zich op een merkwaardige manier bewust van haar lichaam: van haar kloppende slapen, haar buikhuid waar de harige wol van de deken warm tegenaaan kriebelde, haar dijen met haar handen ertussen geklemd tot aan haar tintelende voetzolen. Ze wreef een paar keer zacht met haar wang langs het koele kussen, zodat het was alsof iemand haar streelde.

Had zij Nicolet uit de droom moeten helpen? Had zij Maartens geheim moeten verraden? Een half jaar geleden al?

Laura was er bij toeval achtergekomen. Wist zij veel. Zij had alleen maar dat overhemd meegegrist, op een onbewaakt moment. Het hing daar zo onwennig over die vreemde stoel in die vreemde slaapkamer van dat vreemde huis. Dat stomme, nieuwe huis van Maarten, waar hij haar vrolijk babbelend rondleidde, maar waar hij natuurlijk niet thuishoorde. Dat wist hij zelf ook wel, ondanks al die opgewekte, geruststellende woorden van hem. Zij wisten allebei dondersgoed dat zijn echte thuis ergens anders was, bij Nicolet en Flo en bij haar, gewoon daar waar hij al zestien jaar woonde. En dat het niet waar kon zijn dat hij dat alles zomaar achterliet, zonder een woord van spijt, zonder enige aarzeling. Niemand had haar voorbereid, niemand had haar verteld hoe het zou zijn. Hoe erg je iemand kon missen. Hoe erg je een stem kon missen. Hoe erg je zelfs een ongedúldige stem kon missen, die te hard door het trappenhuis schreeuwde dat het eten klaar was of dat ze moesten gaa-aan!, op zo'n dwingende toon alsof iedereen meteen in de houding moest springen. Zo'n stem waar je je vaak aan geërgerd had, hoe kon je vermoeden, dat je zelfs zo'n stem vreselijk kon missen. En dat een bank zo leeg kon zijn zonder Maarten in die vertrouwde, lobbige trui, dat groene jasje met die ruwe stof. Of zonder de geur die je vond als je eronder dook, onder die trui als Nicolet niet in de buurt was, want van haar mocht het niet, omdat de boord dan te ver uitrekte. Wist zij dan niet hoe lekker vertrouwd het daar rook? Of besefte ook zíj het nu pas, nu het er niet meer was? Niet voor even, niet voor een weekje, zoals zo vaak daarvoor het geval geweest was, maar voor altijd. Vroeger was het missen bijna spannend, feestelijk, verwachtingsvol, omdat je wist dat alles weer goed kwam. Nu hing er kilte in huis, de bank stond er kaal en naakt bij en het besef dat het nooit meer goed kwam, maakte haar soms gek. Dan huilde ze op diezelfde bank haar ogen uit haar hoofd en beet ze in de kussens van ellende. In die tijd was het gebeurd. Toen had ze het overhemd meegenomen om tenminste iets van hem bij zich te kunnen houden, iets wat naar hem rook. Hij zou het niet merken, hij had zoveel van die hemden. 's Avonds had ze het ding tegen haar gezicht willen drukken, tegen haar buik, ze had het mee willen nemen in bed, ermee willen slapen als met een knuffelbeer. Wat gaf het, wie zag het? En opeens was zíj daar geweest, die vreemde vrouw. Eerst alleen voelbaar als een hard plaatje in het borstzakje, maar eenmaal tevoorschijn getrokken en opengeklapt, had ze haar vlekkerige pasfotogezicht aan de wereld getoond, haar vreemde, donkere lach. Dat je zó kon schrikken had Laura nooit geweten. Het plaatje was uit haar trillende hand gevallen en ze had het tien minuten lang niet op kunnen rapen. Niemand had iets gemerkt. De keer daarop had ze het overhemd ongezien teruggehangen, gladgestreken, kartonnetje terug in borstzakje. Zij had er met niemand over gesproken. Met bijna niemand, alleen met Koos.

'Je moet het aan Nicolet vertellen,' vond Koos. 'Ze heeft er recht op om dat te weten.'

Dat vond Laura ook, maar ze hield haar mond. Maarten en Nicolet zochten het zelf maar uit.

Maanden later was die vrouw opnieuw haar leven binnengekomen, aan Maartens arm. Toen was het duidelijk dat ze echt bestond. Ze droeg zelfs een naam: Kaat.

Laura kwam langzaam overeind. Ze viste het tasje met haar nieuwe aankoop van haar voeteneind en schudde het leeg. Het topje rook nieuw, winkelnieuw. Ze vouwde het uit op bed en keek naar het mosgroen, dat donkerder was dan ze had gedacht. Vlug trok ze haar t-shirt uit. Net had ze het topje half over haar hoofd, toen de tune van haar mobieltje klonk. Het geluid kwam ergens onder de berg kleren vandaan. In het wilde weg begon ze dingen van de grond te rapen: een truitje, een beha, de krappe broek waar een slipje uit viel. Driftig groef ze verder. Ze leek wel een Sint Bernhardshond op een dikke sneeuwlaag. Op zoek naar zijn vaatje rum of... hoe zat dat ook weer met die beesten? Hè, hè, het jengelende apparaat zat klem in die krappe broek. In de krappe zak van de krappe broek om precies te zijn. Met moeite peuterde ze het eruit.

'Ja-a,' riep ze, terwijl ze met één hand haar oor bevrijdde van een bandje.

'Ben je er klaar voor?' Koos dus.

'Waarvoor?'

'Hij komt! Vanavond! Ik hoor het net van Max!'

'Zal ik dan maar thuisblijven?'

'Nee, je moet me bijstaan.'

Laura beloofde plechtig alle vormen van eerste hulp te bieden, die maar nodig konden zijn.

Van beneden klonk Nicolets stem: het eten stond op tafel.

'Ik moet ophangen,' zei ze gauw.

'Vanavond om half tien?'

'I'll be there.'

Kinky

In De Fuik was het druk toen ze aankwamen. Er zaten al mensen in de vensterbanken. Koos liep als eerste naar binnen, maar deed na een vluchtige blik meteen een stap terug. Ze hield Laura met een hand tegen. Haar ogen glinsterden, maar de rest van haar gezicht stond op paniek.

'Hij is er!'

'Ah!' riep Laura met gespeeld afgrijzen. 'Wat eng!'

'Sst! Gedraag je!'

'Ik doe heel normaal. Nou jij nog.'

'Oké, we gaan naar binnen.' Koos hield de deur voor Laura open en liep naar de bar, intussen de grond bestuderend alsof ze uitzonderlijke bodemschatten dacht aan te treffen. Ze ging met haar rug naar haar broer toe staan en gebaarde Laura dichterbij te komen.

'Ziet hij ons?'

'Wie precies?'

'Die jongen naast Max natuurlijk.'

'Max heeft ons gezien,' zei Laura. 'Hij zwaait en als je het goedvindt, zwaai ik even terug.'

Max gebaarde iets met zijn handen. Hij begreep waarschijnlijk niet waarom zijn zus hem niet zag. Of begreep hij het maar al te goed? Dat kon Laura vanaf die afstand niet inschatten. Naast Max zat een lange, magere jongen. Zijn donkere haar hing half in zijn gezicht en daar probeerde hij voortdurend iets aan te doen door het met een korte hoofdbeweging naar achteren te schudden. Dat hielp natuurlijk totaal niet. Die gozer heeft een haarband nodig, dacht Laura. Geamuseerd keek de jongen in haar richting, maar waarschijnlijk was zijn blik voor Koos bedoeld. Een beetje te zelfverzekerd, amigo? dacht Laura. Ze moest oppassen. Er was meer dan eens tegen haar gezegd dat haar gezichtsuitdrukking goed te lezen was, misschien zelfs wel vanaf een metertje of vijf. Koos was verdiept in allerlei dingen op de bar. Ze probeerde of de pindamachine het ook deed zonder dat je er een muntje in gooide, ze bestudeerde een bierviltje terwijl ze een andere verkruimelde, streek de kruimels van haar rok en keek toen schuin naar Laura.

'Alles onder controle?' vroeg Laura.

Koos schoot in een zenuwachtige lach.

'Biertje, dan maar?'

'Nee, witte wijn,' zei Koos. 'Drie glazen graag.'

Met haar ogen volgde Laura de jongen achter de bar totdat hij vlakbij hen stond.

'Heb je voor mij een witte wijn en een pilsje?' riep ze.

'Voor jou altijd.' Hij lachte vrolijk naar haar en gaf een krachtige ruk aan de tap.

'Drie tachtig.' Hij keek haar lang aan toen hij de glazen voor haar neerzette. Laura zocht in haar portemonnee en pulkte er vier euro uit.

'Laat maar zitten verder.' Opnieuw die ogen, jeetje wat kon die jongen indringend kijken.

Opeens voelde ze een hand op haar schouder. Titus uit hun klas stond achter hen. Zijn andere hand rustte op de schouder van Koos.

'Zo meisjes, lekker uit samen?'

'Ja pa,' zei Koos. 'En jij mag ook een avondje weg van moeder de vrouw?'

'Tuurlijk, even mijn zakgeld verbrassen. Is het hier altijd zo warm of ligt dat aan mij? Echt, ik zweet me nu al een ongeluk.'

'Wel de goede deo op, hoop ik?'

Titus grijnsde en keek rond. Het was inderdaad bloedheet. Laura voelde haar vestje kriebelen op haar rug en trok het uit. Straks ging zij ook nog zweten. Terwijl ze het op haar schoot legde, zag ze hoe Titus haar bewegingen volgde.

'De halve klas is er,' zei hij. 'Hebben jullie dat al gezien?'

'Nee, waar staan ze dan?'

'Daar achter ergens.' Titus wees naar een hoek, aan de andere kant van de ingang. Omdat hij zo lang was, kon hij over al die hoofden heen kijken, maar Laura zag niet naar wie hij precies wees.

'Ik ga zo wel even kijken,' zei ze. 'Kom jij voor iedereen drank halen?'

'Je weet hoe ik ben.' Even legde hij zijn hand op haar bovenarm.

Koos zat intussen te draaien op haar barkruk. Af en toe keek ze in de richting van het tafeltje waaraan haar broer zat met Milan. Haar glas wijn was al bijna leeg. Laura boog zich naar haar over en fluisterde in haar oor: 'Ga nou maar. Volgens mij zit hij ook op jou te wachten.'

'Waarom komt hij dan niet hierheen?'

'Weet ik veel. Moet ik het hem vragen?'

'Nee gek!'

'Anders ga ík bij ze zitten, hoor! Max zit al de hele tijd naar me te zwaaien.'

Laura deed net of ze terugzwaaide.

'Niet! Dat lieg je!'

'Kom nou maar,' zei Laura, terwijl ze zich van de barkruk liet glijden. 'We nemen nog wat mee en dan gaan we ze bestormen.'

Koos keek alsof ze een zwaar proefwerk voor de boeg had.

'En het was léuk allemaal, weet je nog?' grinnikte Laura.

'Ik pies in mijn broek, mens.'

'Ga dan eerst even naar de wc, dan bestel ik nog wat. Zelfde?'

Koos aarzelde, knikte toen toch en verdween tussen de mensen. Laura zag hoe Titus een blad vol glazen aannam van de barjongen. Hij hief het hoog boven zijn hoofd en draaide zich nog even om naar Laura.

'Je gaat me niet kietelen, hè?'

'In die klotsende oksels van jou zeker?'

Titus lachte en verloor daardoor nog bijna zijn evenwicht.

'Ik zie je zo wel,' zei hij en liep in de richting waarin hij net gewezen had.

Achter de bar werd druk geschonken en glazen gespoeld, maar de twee jongens die de meute vanavond moesten bedienen, zagen tussendoor nog kans mee te swingen op de muziek. De jongen die haar net zo aangekeken had, kwam weer op haar af. Hij keek haar vragend aan, zijn hoofd een beetje schuin. 'Ja?'

'Zelfde nog een keer,' zei Laura.

Weg was hij. 'Drie tachtig.'

Deze keer was ze voorbereid op die glanzende ogen die haar fixeerden, maar nu ging zijn blik ook naar haar topje, net iets te nadrukkelijk. Verward graaide Laura in haar tasje. Ze gaf het geld en wuifde dat ze niks terug hoefde te hebben. Maar de jongen bleef staan. Was haar topje te dun, zat het toch te strak? Toen hij zich eindelijk had omgedraaid, probeerde ze een glimp van zichzelf op te vangen in de spiegel achter de bar. Ze ging wat meer rechtop zitten. Opeens voelde ze zich ongemakkelijk, onbeschermd in haar nieuwe outfit. Toch het vestje weer aan? Daar was Koos al.

'Let's go,' zei ze stoer. Laura ging voorop, haar vest als een boa om haar schouders gedrapeerd.

'Hoi,' zei ze toen ze voor het tafeltje van Max stond. Ze knikte naar de donkere jongen. Milan dus. Hij lachte kort naar haar, ongeduldig bijna en leek wel om haar heen te willen kijken naar Koos. Kalm maar, dacht ze, ik ga zo opzij.

'Milan?' Ze stak haar hand naar hem uit. 'Ik ben Laura.'

'Je bent al aangekondigd.'

'En langverwacht,' zei Max, terwijl hij zijn voeten van de stoel haalde tegenover hem. 'Waar bleven jullie nou? We konden die stoelen echt niet veel langer bezet houden. Wij maar zeggen dat jullie even naar de wc waren.'

'Waren we ook,' zei Koos. Ze knikte naar Milan en bleef even naar hem kijken. Om Milans mondhoeken speelde iets plagerigs. Je zou het ook spot kunnen noemen, dacht Laura, typisch het soort lachje waar zij in elk geval niet tegenkon. Zij zou dodelijk onzeker worden van die jongen.

'Is dit jullie stamkroeg?' vroeg Milan.

Laura dacht iets meewarigs te horen in de manier waarop hij het woord stamkroeg uitsprak, maar ze zei niks, want Milan zat Koos zo uitgebreid aan te grijnzen, dat het duidelijk was dat het antwoord van haar moest komen.

'Ja eh... Meestal wel,' hakkelde Koos. Ze kreeg notabene een kleur!

'Waar zit jij dan altijd op zaterdagavond?' vroeg Laura.

'Wou jij daar voortaan ook heen?' Milan lachte. 'Daar mag je vast nog niet komen van je mama.'

Jeetje, wat een klier. Was hij tien jaar ouder of zo? Koos lachte hard en zenuwachtig. 'Waar is dat dan?'

'In de grote stad,' zei Milan.

Laura trok haar wenkbrauwen op en keek Max aan.

Meteen zei Milan: 'Nee, ik ga vaak naar Orion, dat is in Amsterdam. Wel een leuke tent, beetje trendy, goeie funky muziek en een lekker sfeertje. Wel kinky. Als jullie zin hebben om een keer mee te gaan?'

Weer staarde hij uitsluitend naar Koos.

'Ja leuk, dat wil ik wel een keer van dichtbij zien, dat Orion.'

Vluchtig keek ze opzij.

'Ja, is misschien ook wel leuk voor een keer,' zei Laura.

Zij ging hier echt niet enthousiast zitten doen over een of andere Orion-tent, omdat die klojo van een Milan daar nou toevallig kwam. Bovendien had ze niet het gevoel dat die twee haar vreselijk zouden missen als ze thuisbleef of gewoon naar haar simpele 'stamkroegje' ging.

Wat Laura het allermeest ergerde, bedacht ze, was dat die Milan zo overtuigd leek van zijn zaak. Zo arrogant als hij Koos aan zat te glimmen! Terwijl hij er niet uitzag met dat belachelijke dunne hanghaar. Oké, zijn ogen konden ermee door, voor zover je die door dat gordijn heen kon zien, maar dan had je het ook wel precies gehad, want dat zelfingenomen kinnetje kon voor geen meter. En als je dan zag hoe goed Koos eruitzag en je wist, zoals Laura, dat ze veel meer jongens kon krijgen, dan snapte je er toch even helemaal niks meer van. Of Max had tegen hem gezegd dat Koos helemaal gek van hem was. Dat was het natuurlijk! Typisch Max.

'Heb jij je opgegeven voor het schooltoneelstuk?' Max boog zich nadrukkelijk naar Laura. Hij wilde Koos en Milan zeker de kans geven om met z'n tweeën te praten. Ook best. De afkeuring was waarschijnlijk al zo duidelijk te zien op haar gezicht, dat het beter was als zij zich er even niet meer mee bemoeide.

'Ik?' lachte ze. 'Omdat ik zo goed kan dansen, bedoel je? Of anders kunnen ze nog wel wat met die radslagen van mij.'

'Zingen misschien?'

Even dacht ze aan de muziekweek, maar nee, zo interessant was dat niet.

'Jij hebt mij dus nog nooit gehoord.'

'Nee, doe eens wat voor.'

'Dan valt de muziekinstallatie hier meteen stil van

schrik. Ik zing niet zo funky en al helemaal niet kinky.'
Moest ze die Milanwoordjes nog even wat harder her-
halen? Funky-funky! Kinky-de-pinky! Zou die kwijl dan
tenminste snappen dat zíj niet onder de indruk van hem
was? Maar Milans ogen en oren waren niet voor haar. Hij
was tot boven zijn wenkbrauwen verdiept in een gesprek
met Koos.

Max stak zijn hand op naar iemand bij de bar.
'Als je met hem wilt kletsen?' Laura wachtte het antwoord niet af en tikte Koos aan. 'Ik ga even daarachter kijken, bij de anderen, ja?'
Koos staarde naar haar alsof ze sinds kort geen
Nederlands meer verstond, maar ze knikte traag. Haar
wangen waren felrood. Laura kon het niet laten heel even
de rug van haar hand ertegenaan te leggen.

Toen ze halverwege de mensenmassa was, hoorde ze een
bekende stem. 'Hé Laura.' Het was Peer, de huisvader van
haar oppasadres.
'Al je oppasgeld aan het verdrinken?'
Lachend klopte Laura op haar tasje. 'Daar kan ik wel
een rondje van geven.'
'Mag ik jóu iets aanbieden?' vroeg Peer.
Laura aarzelde. Zo kwam ze nooit bij haar klasgenoten
terecht natuurlijk, maar Peer was altijd aardig en nu kon
ze hem eens echt spreken. Op de oppasavonden bleef het
meestal bij gehaaste vragen naar haar schoolvorderingen
en een korte uitleg van bedtijden en voorleesboeken.
'Ja,' zei ze. 'Een colaatje graag, anders gaat het zo hard.'
Nu bleek maar weer eens hoe handig het was als je lang
was. Peer had al gauw een bier voor zichzelf en cola voor
Laura te pakken.
'Proost,' zei hij, terwijl hij met zijn glas tegen het hare
tikte en haar nieuwsgierig aankeek.

'Is Lia er ook?' vroeg Laura.

'Nee, want dan hadden we oppas nodig gehad,' zei Peer. 'Soms mag ik alleen op stap. Maar ik wou net aan jóu vragen of jij hier alleen bent.'

'Met mijn vriendin,' zei Laura 'en met mijn halve klas.' Ze knikte vaag naar de hoek, waar haar klasgenoten ergens moesten zijn.

'Nog geen vriendje?'

Ze had geen spiegel nodig om te weten dat het bloed naar haar wangen kroop.

'Daar hoef je niet zo van te kleuren, schat,' lachte Peer. 'Het was maar belangstelling.'

'Nee, ja,' zei Laura en wuifde vaag met haar hand. Kon zij het helpen dat ze zo gauw bloosde? En nu kwam het ook door dat gedoe met Koos en Milan, maar dat hoefde Peer niet te weten.

'Eh, heeft Lia jou nog gebeld? Voor aanstaande vrijdag?' vroeg Peer. 'Eind volgende week dus?'

'Nee.'

'Zou je dan kunnen?'

'Jawel.'

'Ah mooi, dan gaan wij weer eens naar de film.'

Vanuit haar ooghoek zag Laura Titus naderen.

'Volgens mij kom jij niet meer,' zei hij.

'Sorry, ik heb haar ingepikt,' kwam Peer ertussen. 'Geef mij maar de schuld.'

Titus wierp een onderzoekende blik op Peer. Kwam het door dat 'ingepikt?' Het klonk alsof er om haar gevochten werd.

En hoewel dat belachelijk was, voelde ze zich toch trots, vanwege de strijd, maar ook omdat ze hier, zo zichtbaar, de aandacht had van een oudere man. Titus voelde dat blijkbaar goed aan.

'Ach, haar klasje ziet ze elke dag,' zei hij. 'Wij zijn allang niet meer interessant, hooguit het schoolmeubilair dat zich naar hier verplaatst heeft.'

'Ik kom zo, echt,' lachte Laura.

'Leuke jongen,' zei Peer, toen Titus weer weg was.

'Ja! We doen vaak samen opdrachten en zo.'

'Volgens mij wil hij wel meer dan alleen opdrachten met je maken.'

'Titus? Nee hoor.'

'Ik had vroeger ook zo'n klasgenootje,' ging Peer verder. 'Ik kon haar wel opvreten, maar ze had van die strenge ouders, ze mocht niks. Dus wij maar samen huiswerk maken. Ze was heel slecht in Duits. En in Frans ook trouwens. Pfff, láppen Franse woordjes heb ik haar overhoord.'

Laura lachte.

'En ik maar denken, dat mijn ijver ooit beloond zou worden.'

'Deed je het alleen daarvoor?'

'Eerlijk gezegd wel, ja,' bekende Peer. 'Je lijkt een beetje op haar, in je gezicht, maar verder ook. Een beetje stevig, daar houd ik wel van.'

Laura deed net of ze dat laatste niet gehoord had. Wat kon je erop zeggen? Maar het voelde prettig, zelfs al had Peer het over stevig. Dat hij haar lichaam mooi vond, daar ging het om. Nee, dat hij dat zomaar zei, dáár ging het om, dat voelde prettig.

'Je kunt haar opzoeken via schoolbank.nl,' zei Laura. 'Dat schijnen heel veel oudere... eh mensen te doen.'

Peer trok even met zijn mond.

'Ik bedoel: mensen die van school af zijn,' verbeterde Laura zich snel.

Hoe oud zou Peer eigenlijk zijn? Lowieke en Maartje waren zeven en vijf. Misschien was hij al wel vijfendertig of zoiets.'

'Ja, misschien moet ik daar maar eens op onderzoek uit

gaan. Maar je kunt beter een beetje van de schoolbank genieten, als je er nog op zit, vind ik. Hoe oud ben jij ook alweer precies?'

'Zestien,' zei Laura. Ze pakte er vast een maandje bij.

'*Sweet sixteen,*' zei Peer.

Zondag

De zondagen waarop ze naar Maarten moest begonnen allemaal hetzelfde: ruzie met Nicolet. Alsof Nicolet het toch niet kon hebben dat zij nog naar Maarten wilde.

Deze keer ging de ruzie om de kaas die ze op het aanrecht had laten staan, vannacht toen ze hongerig in de koelkast was gedoken. De kat had eraan gelikt. Ze begreep toch zeker zelf ook wel dat dat niet zo kon.

'En hoe vaak heb ik dat nou al niet gezegd,' mopperde Nicolet.

'Sorry,' zei Laura.

'Hoe laat was je eigenlijk thuis?'

'Half een, denk ik.' Ze kon er makkelijk een uurtje afhalen. Nicolet ging toch steevast om twaalf uur slapen, dacht ze.

'Dat jok je, want toen lag ik nog te lezen.'

'Dan zal het een half uurtje later zijn geweest.'

'Ik baal ervan dat jij denkt dat je maar zo'n beetje kan doen waar je zin in hebt.'

Niets zeggen nu. Een goed antwoord bestond toch niet, alles leek brandstof voor de ruziemachine.

'Eerst overdag de stad in en dan is het 's avonds weer doei! En dan mag ik raden hoe laat je thuiskomt.'

'Ik had gezegd dat het niet zo vroeg zou zijn.'

'En ik zou graag willen dat je af en toe eens overlegde hoe laat je thuis komt in plaats van maar eenzijdig wat af te kondigen.'

Laura ging verder met het uitruimen van de afwasmachine.

'Doe je dat bij je vader ook zo?'

'Nee, daar doe ik heel anders.' Het was eruit voordat ze er erg in had.

'Dat dacht ik wel. Daar is het natuurlijk ja en amen. Je vader zegt altijd maar dat jij zo'n bráve dochter bent. Totaal geen problemen mee. Nee, nee, dat zal best.'

'Moet ik bij hem ook wat lastiger zijn, zodat jullie dan beter met elkaar kunnen communiceren?'

Nicolet zat aan de keukentafel en keek voor zich uit.

'Sorry,' zei ze. 'Ik had dat allemaal niet moeten zeggen.'

Laura ging tegenover haar zitten en stootte haar knie tegen de dwarsbalk, maar ze liet niks merken. Stom dat ze dat altijd weer vergat. Hun oude, eikenhouten tafel was nu bij Maarten. Onbeheerst aanschuiven kon nog maar eens in de veertien dagen.

'Ik heb heel slecht geslapen en dan kan ik weinig hebben. Dat gedoe met Praag spookte de hele tijd door mijn hoofd. Ik werd er telkens wakker van.'

'Kopje koffie?' vroeg Laura.

'Lief van je, straks graag. Als we ons eerst even aankleden kunnen we met z'n drieën ontbijten.'

'Ik heb al gegeten,' loog Laura.

'In je eentje?'

'Ja, ik had zo'n honger.' Vannacht had ze zo belachelijk zitten schransen, dat ze het ontbijt echt even over moest slaan, wilde ze geen tientonner worden.

Nicolet fronste haar wenkbrauwen en stond op. Laura keek naar haar witte, blote benen die onder de duster uitkwamen, naar de voeten in de vaalgroene pantoffels, haar rug die zo smal en hoekig leek en het verwarde haar erboven. Waarom stak ze het niet op, zoals vroeger? Toen hield ze haar hoofd ook nog recht omhoog, trots. Ze bewoog gewoon heel anders, vrolijk, zeker van zichzelf. Kon je zo veranderen door verdriet? Met een plofje viel de keukendeur achter Nicolet in het slot.

Laura staarde de tuin in, naar het riet rond de vijver dat zachtjes waaide in de wind. De kat zat ingespannen aan de waterkant te kijken. Wat zag hij nou weer? Hij ging toch geen kikker vangen onder haar ogen? Ergens in de verte begon een klok te beieren. Negen uur! Dan moest ze echt naar boven. De deur van Nicolets slaapkamer stond op een kier. Nicolet zat voor haar spiegel en probeerde iets met een haarspeld, alsof ze Laura's gedachten geraden had.

'Zal ik het doen?' vroeg Laura. Ze stak haar hoofd om de hoek.

'Wil je dat?' klonk het onzeker.

'Ja natuurlijk, ik kan er beter bij. Opsteken staat veel beter dan dat ...'

'Piekhaar, bedoel je.' Nicolet streek een pluk weg uit haar gezicht. 'Het is zo slap geworden.' Traag liet ze haar arm terugvallen in haar schoot.

'Welnee,' zei Laura. 'Je moet er een beetje gel insmeren en wat lak.'

Nicolet grinnikte. 'Heb jij dat?'

'Wacht maar, ik haal het even.'

Ze rende de trap op, sprong met twee treden tegelijk naar boven, gleed bijna uit. Ze zou Nicolet eens laten zien hoe het ook kon. Op haar kamer graaide ze alle haarlak en gel, elastiekjes en spelden bij elkaar die ze vinden kon. Snel keek ze rond naar nog iets bruikbaars. Die paarse speld, die ze van Maarten had gekregen? Zij droeg hem toch niet. Of zou dat... Ze leunde tegen de deurpost en zag zichzelf staan met al haar spullen. Een opgewonden klein meisje dat haar moeder een plezier ging doen. Dat zwakke van Nicolet, dat zielige, maakte Laura vaak zo kwaad, juíst omdat ze er niet tegen kon. Het trok aan haar als touwtjes aan een marionet. Als zij eraan toe zou geven, zou ze altijd bezig zijn Nicolet te troosten, te steunen, alles te doen om dat akelige verdriet niet te hoeven zien. Alsof zij het weg zou kunnen nemen! Maar ze wilde haar eigen leven leiden, vrij zijn, leuke dingen doen, plannen maken, niet meegezogen worden in die poel van treurigheid. Daarom schopte ze zo hard, watertrappelen was het, moddertrappelen om te kunnen overleven. En nu, met al die klemmetjes en elastiekjes in haar handen? Wat voor reddingspoging was dit? Marionet, engel, aardige dochter? En waarom kon ze zoiets trouwens niet zonder die eeuwige maalstroom van gedachten? Altijd maar dat achtergrondkoor met bedenkingen en commentaar? Waarom kon het niet een keer gewoon?

Van beneden klonk Nicolets stem.

'Ik ko-om!' riep Laura.

Nicolet zat nog steeds in dezelfde houding voor de spiegel. Laura begon haar haren te kammen, eerst alles naar achteren.

'Het is helemaal niet slap,' zei ze. Ze aaide met haar ene hand door het haar, terwijl ze met de andere hand borstelde. Langer, veel langer dan nodig. Alsof ze probeerde Nicolet weer lief te vinden door maar vast lief te dóen. Tot het genoeg was, toen draaide ze het haar naar boven en zette het vast met een grote, zilveren speld.

'Kijk nou eens,' zei ze. 'Dat is toch meteen heel anders?'

'Ja,' zei Nicolet aarzelend. 'Het is alleen een beetje uit mijn vorige leven, het is mijn oude hoofd.'

'En je wilt nou een nieuw hoofd? Knip je haar dan af.'

Nicolet begon te lachen. 'Daar ben ik nog niet aan toe.'

Bij de bushalte trapte Flo een scène. Het begon heel beheerst, maar Laura wist meteen waar het naartoe zou gaan.

'Jij moet ook mee naar papa,' zei ze tegen Nicolet en trok aan haar hand.

'Nee lieverd, dat kan niet.'

'Waarom niet?' Er kwam een licht zeurtje in haar stem.

'Gewoon. Papa woont daar en ik woon hier.'

'Heel éven dan. Je hebt het huis nog nooit gezien.'

Laura zag Nicolet verstrakken. Dat hoef ik ook helemaal niet te zien, zeiden haar mondhoeken.

'Nee, ga jij maar fijn naar papa.'

'Ik vind het niet fijn bij papa!' schreeuwde Flo. 'Ik wil niet naar papa! Ik wil niet naar papa! Ik wil niet naar papa!'

'Hé, hou eens op jij!' zei Nicolet boos. Ze pakte Flo bij haar kinnetje en trok haar gezichtje naar zich toe.

Er stonden gelukkig alleen maar een oudere man en vrouw bij de halte, die zo te zien stokdoof waren.

'En ik wil ook niet naar die stomme Kaat!' zei Flo zacht. Het klonk wat onderdrukt, maar dat kwam natuurlijk omdat Nicolet haar nog steeds vasthield. Haar ogen glommen donker en ze keek Nicolet uitdagend aan. Tjee, wat wist die met haar vijf jaar al goed hoe ze Nicolet nog even een pleziertje kon doen bij het afscheid.

'Het is zo afgesproken, Flo,' zei Nicolet. Ze vertrok geen spier. 'Morgen zie ik je weer.'

'Morgen pas?' Nu begon Flo echt hysterisch te gillen en te huilen. 'Ik wil daar niet slapen. Ik wil bij jou slapen!'

'Nee, dat kan echt niet. Papa brengt je morgen naar school.'

Daar was de bus! Er klonk nog een laatste snik, toen Flo het trapje opklom. Ze wachtte niet bij de chauffeur terwijl Laura de buskaart liet stempelen, maar kroop gauw aan de raamkant. Uitbundig zwaaide ze naar Nicolet en plakte wel tien kushandjes op de ruit. Toen was het over. Uitgeput zakte ze tegen Laura aan, die net naast haar was geschoven.

Aan de andere kant van de busreis stond Maarten.

'Hé meiden!' riep hij als altijd.

Flo hing al om zijn nek, armen en benen om hem heen geslagen. Lachend liet Maarten haar zakken.

'Laat me eens naar je kijken. Groter en dikker zou ik zeggen.'

'Pfff, niet dikker,' zei Flo.

Nu boog Maarten zich naar Laura toe en gaf haar een kus.

'Hé meis, hoe is het?'

'Goed.'

Maarten keek haar even recht in het gezicht. Zag hij aan haar dat ze de dag slecht begonnen was?

'Kom gauw mee.'

'Is Kaat er?' vroeg Flo. Ze zwaaide Maartens arm met grote slagen naar voren en weer naar achteren alsof ze water uit hem wilde pompen.

'Natuurlijk,' zei Maarten. 'En Kaat heeft een leuk plannetje.'

'Echt leuk?'

'Echt leuk.'

Het plannetje bleek het bakken van een appeltaart. Kaat had de spullen al klaar staan op het aanrecht.

Nu hing Flo in Kaat.

'Gek kind,' zei Kaat. Ze kietelde Flo in haar zij, zodat ze wel los moest laten. Maar Flo sloeg haar armen opnieuw om Kaat heen, nu om haar benen.

Langzaam begon Kaat met Flo te dansen en algauw gingen ze sneller. Kaat neuriede er een wijs bij, een wals wist Laura. Ze draaiden heen en weer, rakelings langs het tafeltje met de dunne pootjes, rakelings langs het stenen paar, een Indonesische man en vrouw, dat Maarten van zijn opa en oma geërfd had. Bijna verloren ze hun evenwicht, want ze deden wilder en wilder, maar Maarten zei er niets van.

Hij keek alleen maar naar Kaat, dromerig glimlachend, en opeens was het zo zichtbaar dat hij stapelgek was op haar, dat Laura opgelaten haar hoofd omdraaide.

'Ah! De muziek stopt!' riep Kaat.

'Nog een keer!' Flo bewoog Kaats armen heen en weer alsof ze daardoor vanzelf weer op gang zou komen.

'Ja, en wie bakt er dan appeltaart?'

'Ik!' riep Flo.

'Eerst wat drinken,' zei Kaat. 'Ah nee, eerst je grote zus begroeten.'

Kaat liep op Laura af. Ze had al geleerd Laura heel voorzichtig een kus op de wang te geven, niet haar twee handen om Laura's wangen te vouwen. Laura was ervan teruggeschrokken, de eerste keer dat ze dat deed. En nu was het gewoonte om elkaar zo keurig ingehouden te groeten.

Even later zaten ze in de voorkamer, Laura met een glas tonic voor zich. Ze was naast Maarten op de bank gekropen en schurkte met haar schouder tegen hem aan.

'Mag wel, hè?'

'Mag? Moet!' zei Maarten. Hij trok haar nog dichter bij zich. Onwillekeurig keek Laura naar Kaat, maar die speelde het favoriete handenklapspelletje met Flo.

'De ene deed de rococo,' zong Flo. 'De ander deed de chachacha! Je moet je handen goed ophouden.'

'Ja baas,' zei Kaat. Ze pikte echt alles van Flo.

'En hoe is het met deze dame?' vroeg Maarten.

'Gewoon, alles hetzelfde.'

'Op school ook? Cijfers?'

'Een 6,3 voor Engels en een 7,5 voor Nederlands. En verder heeft Koos verkering.'

Dat laatste had ze helemaal niet willen zeggen, zeker niet nu met iedereen erbij. Flo reageerde meteen.

'Wat is verkering?' vroeg ze. Aan haar ondeugende ogen was goed te zien dat ze dat precies wist.

'Dat ze gaat zoenen met iemand,' zei Laura.

'Met een jongen?' Flo was één en al oor.

'Ja.'

'Met wie?'

'Die ken je niet.'

'Is ze niet meer jóuw vriendin?'

'Tuurlijk wel.'

'Leuk voor haar,' zei Maarten nu. 'En jij kent de gelukkige wel?'

'Ja, een beetje. Het is een vriend van Max.'

'Wie is Max?' vroeg Kaat.

'De broer van Koos,' zei Maarten. 'Die knul kwam zeker heel vaak huiswerk maken?'

Laura had er spijt van dat ze erover begonnen was. In de monden van Maarten en Kaat klonk het allemaal zo gewoon, zo voorspelbaar. Als zij zelf ooit verkering kreeg, zou ze haar mond stijf dicht houden.

'En die Max,' vroeg Maarten plagerig. 'Is dat niks voor jou?'

Kijk, daar had je het al. Het was dat Maarten zo lekker in haar nek kriebelde anders was ze zo opgestaan. Ze stak haar tong naar hem uit.

'Ik heb jou toch?' zei ze uitdagend.

'Ho, ho,' riep Kaat. 'Qua verkering is hij al bezet, hoor.'

'We kunnen hem toch delen?'

Maarten voelde zich duidelijk niet gemakkelijk in deze conversatie. Hij keek van de één naar de ander en zei niks.

'Appeltaartje bakken misschien?' vroeg Kaat. Ze stak haar hand uit naar Flo.

'Yeah!' Flo sprong op en liep aan Kaats hand naar de deur.

'Wou je ook helpen, Laura, of niet?'

'Straks,' zei Laura. 'Ik lig net zo lekker.'

Het was raar, dacht ze bij zichzelf. Eigenlijk zou ze wel

willen dat Kaat haar aardig vond, een leuke meid, maar op de een of andere manier hield ze Kaat altijd op afstand. Alsof ze Kaat wilde laten voelen dat... Ja wat eigenlijk? Dat Kaat haar moeder niet was? Dat wist Kaat zelf ook wel. Ze drong zich niet op. Ze noemde zichzelf niet mama of moeder of zoiets, ze was gewoon aardig en wachtte af. En het gekke was dat het wel leek alsof Laura daar nou precies niet tegen kon. Zoals Nicolet liever een piepjonge Kaat had gezien, zodat ze wat te mokken had, zo had zij liever een opdringerige of klierige Kaat gehad, zodat er wat te boksen viel. Want boksen wilde ze, laten zien dat Maarten toevallig nog wel haar vader was en van haar hield en dat Kaat heus niet moest denken dat... Ja, zoiets was een stuk makkelijker geweest.

'Hoe is het met Nicolet?' vroeg Maarten.

'Gaat wel.'

'Niet zo?'

'Je kent haar toch?'

Maarten knikte.

'Waarom bel je haar niet eens?' zei Laura. 'Dan kun je het zelf horen.'

'Ja, maar met bellen weet je nooit of het gelegen komt. Ze kan dan wel weer zo'n bui hebben en dan...'

'Dan laat je die liever aan ons over,' zei Laura met een kort lachje.

'Nee.' Hij zuchtte. 'Het is moeilijk met haar. Heeft ze het nog veel over Kaat?'

Niet op antwoorden, dacht Laura.

'Soms.' Ze ging rechtop zitten en streek de haren uit haar gezicht. 'Ik ga even met Koos bellen. Horen of ze nazorg nodig heeft.'

Maarten grinnikte. 'Doe haar de groeten.'

Boven op de logeerkamer, door Maarten steevast de kinderkamer genoemd, trok ze haar mobieltje tevoorschijn.

Al gauw tetterde de voicemail van Koos in haar oor. Ze mocht een berichtje inspreken na de piep.

'Ja, Laura hier. Ik moet natuurlijk even weten hoe het was, gisteravond. Het zag er gezellig uit, maar ik heb dringend behoefte aan een verslag van minuut tot minuut. Ik hoor je! Doei.'

Ze zuchtte. Tijdens het inspreken had ze opeens bedacht dat het maar helemaal de vraag was of Koos wel zo snel zou antwoorden. Misschien zat ze wel ergens met Milan en had ze geen tijd of zin om terug te bellen. Stom, ze had niet moeten inspreken, nu leek het net alsof zij hier een beetje hunkerend zat te wachten. Ze zette haar telefoontje uit en ging naar beneden, de keuken in.

'Kan ik nog helpen?' vroeg ze.

'Graag,' zei Kaat. 'Wil jij de appels schillen?'

Flo zat te kneden op haar manier. Af en toe verdween er een balletje deeg in haar mond.

'Hé vreetzak, geef mij eens wat.' Laura hield haar hand op, maar meteen trok ze hem weer terug. 'Nee, laat ook eigenlijk maar.' Ze keek naar de verleidelijke plak onder Flo's handen. Onwillekeurig trok ze haar buik in.

Kaat hurkte naast Flo.

'Luister eens, Flo, je moet nou echt niet meer snoepen, want dan krijg je buikpijn. En bovendien hebben we dan een piepklein taartje over.'

'Zo klein?' Met een onschuldig gezicht hield Flo haar duim en wijsvinger op.

'Zoiets ja,' zei Kaat. 'Zo'n muizenappeltaartje.'

Het hielp. Flo sloeg nu alleen nog maar op het deeg.

'Goed zo,' zei Kaat. 'Doe maar alsof je kwaad bent op het deeg, alsof het een boze heks is.'

'Hé stommerd, hier heb je een klap,' zei Flo vol overgave.

'Wie is hier stom?' vroeg Maarten, die binnenkwam.

Hij liep op Kaat af, die net een bakvorm uit de ovenla trok en plantte zijn handen in haar zij. Kennelijk kneep hij even, want Kaat schoot meteen overeind. 'Laat dat,' zei ze en ze draaide zich met een ruk naar hem om. Haar ogen stonden vrolijk. Met zichtbaar plezier liet ze hem de palmen van haar handen zien, die vettig waren van het deeg. Toen pakte ze Maartens hoofd, klatsj! met die vieze plakkerige handen in zijn haar, en gaf hem een kus op zijn mond.

'Viezerd,' mompelde Maarten en trok haar tegen zich aan. 'Wat ben je toch lekker vies.'

'Jij nu ook,' zei Kaat gesmoord.

'Ik ook, ik ook,' riep Flo. Ze gleed van haar stoel en sloeg haar armen om de benen van Maarten en van Kaat.

'Jee, zeg,' zei Laura. Ze schoof heen en weer op haar stoel. 'Gaat dat hier altijd zo?'

Maarten en Kaat deden net of ze niks hoorden, alsof ze zelfs het gespring en gedrein van Flo niet opmerkten, zo zeer waren ze verdiept in elkaar. Laura kon haar ogen niet geloven. Nu stonden ze gewoon te tongen, waar zíj bij was! Ze trok de klont deeg naar zich toe, waar de vingerafdrukken van Flo nog in zaten. Ze bracht het deeg een gevoelige slag toe en nog één en nog één. Het zou een mals appeltaartje worden.

Later die dag probeerde Laura opnieuw te bellen. Ze móest Koos even spreken, even haar stem horen, even deze zondag openbreken. Maar weer sprak de voice-mail haar toe. Wat deed ze hier ook, in dit huis? Leuk weekend voor een bijna zestienjarige. De anderen uit haar klas hadden altijd allemaal dingen te doen op zondag. Kiki vertelde gisteren nog dat ze een volleybaltoernooi had en Nadia had op maandag altijd verhalen over meiden bij haar uit de straat met wie ze bij de snackbar zat te kletsen. Titus kwam uit een groot gezellig gezin, die zaten natuurlijk thuis bij elkaar en deden wat met zijn allen. Nee, dan zij: appeltaart bakken met haar stiefmoeder. Dát had ze moeten zeggen toen Kaat over die boze heks begon: je boze stiefmoeder. Laura schopte haar schoenen uit en gooide haar jack erachteraan op de grond. Ze kon het niet uitstaan, dat gezoen waar zíj bij was. Ze was hier maar af en toe een zondag, was het dan al te veel gevraagd om van elkaar af te blijven? Het liefst zou ze meteen naar huis gaan. In elk geval bleef zij hier niet slapen vanavond.

Een halfuur bleef ze op het logeerbed voor zich uit kijken totdat er vanuit de keuken heerlijke bakgeuren begonnen op te stijgen en Kaat haar riep.

Laat maar even roepen, dacht ze. Ik kom echt niet als een hondje aanrennen als er gefloten word. Maar Kaats stem klonk nog eens, nog steeds vrolijk.

'Lau-au, er is taart! We gaan alles opeten!'

'Ja, alles!' hoorde ze Flo gillen.

Beneden sneed Kaat een groot stuk appeltaart voor haar af.

'Voor mij maar een klein stukje,' zei Laura. 'Ik doe het zelf wel.'

Terwijl ze at, keek Laura naar de geweldige punt, die Kaat zat weg te werken. Waar bleef dat allemaal? Kaat kon vreten zoveel ze wou, je zag er helemaal niets van.

'Wat ben jij matig,' zei Maarten. 'Doe je aan de lijn?'

'Nee-ee. Ik heb gewoon niet zoveel trek.'

'Je weet niet wat je mist. Ik neem nog een stuk.'

Maarten wreef over zijn maag.

'Nee, want jij wordt er ook te dik van,' zei Kaat lachend.

Dat 'ook' ontging Laura niet en Kaat merkte het zelf kennelijk ook. Ze wierp Laura een korte blik toe.

Toen Laura ook bij het avondeten 'gewoon niet zoveel trek had,' zei niemand iets. Korte tijd later ging ze naar huis, 'omdat ze nog zoveel huiswerk moest doen.' Maarten bracht haar naar de bus. Zo waren ze even alleen.

'Gaat het goed, meid?'

'Ja-a.'

De bus werd net in de verte zichtbaar, toen hij opeens zei: 'O ja, voor ik het vergeet: Kaat en ik zijn in de herfstvakantie in Praag.'

'Dat wist ik al.'

'Ja, maar dus ook op jouw verjaardag. Dat is jammer, maar dat kon niet anders.'

'Ik weet toch niet of ik er wat aan ga doen,' zei Laura snel, want de bus stopte inmiddels voor haar neus.

'Natuurlijk wel!'

De half vermanende ondertoon in zijn stem ergerde haar. Wat had hij ermee te maken als hij er toch niet was? Ze gaf Maarten een snelle kus en stapte in. Zwaaien deed ze niet meer, dat was iets voor meisjes van vijf.

Samenwerken

Naast de school was een vieze, bruine sloot. Laura staarde naar plukjes verfomfaaid wier, die lusteloos voorbijdreven. Het miezerde een beetje, waardoor er gaatjes in het groene oppervlak leken te zitten. Deze sloot kon onmogelijk leven bevatten. Zelfs een eencellig organisme zou zich niet graag hierin wagen. Maandagochtend. Een nieuwe week, vijf hele dagen vol lesuren, leraren en huiswerk.

Een eindje verderop zaten twee brugklassertjes naar het kroos te staren alsof ze verwachtten dat het monster van Loch Ness eruit op zou rijzen. Zij schatten de kans op leven in deze drab kennelijk totaal anders in, want ze hadden het zelfs over stekelbaarsjes. Wat een energie hadden die kinderen. Ze gingen helemaal op in hun idiote fantasieën. Was die ene niet het jongere broertje van Lotte? Merkwaardig joch was dat.

Opeens hoorde Laura haar naam.

'Hé, hoor je me niet? Ik roep je al de hele tijd!'

Hijgend stond Koos naast haar. Met een vies gezicht veegde ze een natte pluk haar van haar wang.

'Bèh, wat een zeikweer.'

Laura was blij Koos weer te zien. En ook dat Koos haar geroepen had en uit zichzelf naar haar toe kwam, gaf haar moed. Had ze dan verwacht dat Koos haar verder links liet liggen? Vanwege die Milan?

'Hé, is er iets?' Koos klonk bezorgd.

'Nee hoezo?' Laura wierp een blik op haar horloge. 'We moeten naar binnen. Het is tijd.'

'Ben je boos?'

'Nee!'

'Omdat ik helemaal niet teruggebeld heb... Het was eigenlijk al heel laat toen ik je berichtje hoorde en ik dacht...'

Laura liep een halve pas voor Koos uit. Ze wilde geen uitleg, niet nu tenminste. Straks in de pauze mocht ze alles vertellen.

'Volgens mij ben je kwaad.' Koos hield haar tegen. 'Kijk eens naar me.'

De tranen sprongen Laura in de ogen. Natuurlijk, dat had ze altijd. Waarom bleef die stomme kop van haar nooit in de plooi? Een pokerface heette dat. Kon je dat ergens bestellen? Mocht ze misschien zelf kiezen wanneer ze de buitenwereld wilde laten meegenieten van haar intiemste gevoelens? Nee, dat mocht ze niet. Alles stond altijd op haar gezicht te lezen. Voor iedereen.

'Sorry Lau,' zei Koos zacht. 'Heb je een rotweekend gehad?'

Laura voelde zich warm worden.

'Ik vertel het je straks, goed?'

'Oké,' zei Koos. Ze gaf Laura een duw.

In de deuropening stond de conciërge. Hijgend glipten ze langs hem heen naar binnen.

Het derde lesuur viel uit, er was geen Frans. Lindhout had snotterend en proestend het gebouw verlaten om thuis onder de wol te kruipen. Geen wonder met dat rotweer. Inmiddels viel de regen met bakken uit de hemel. Laura en Koos zochten een stil hoekje in de kantine.

'Vertel jij maar,' zei Laura. Ze hing met één arm over de leuning van een stoel en speelde met het lipje van haar ritssluiting. 'Ik heb toch alleen maar een stom kutverhaal en ik word meteen weer chagrijnig als ik eraan denk.'

'Oké. Nou, ik heb wel een te gek weekend gehad,' begon Koos.

'Eerst zaterdagavond,' zei Laura. 'Wat zei hij? Of wie zei er eigenlijk het eerst iets?'

'Heb je ons gezien?'

'Ik? Nee hoor.' Laura lachte.

'Uiteindelijk ging het zo dat ik tegen hèm zei, dat ik hem al heel lang leuk vond. Hij zat er maar omheen te draaien en intussen zag ik wel aan hem dat het goed zat, dus toen durfde ik wel.'

'En?'

'Hij kreeg een kleur! En volgens mij zijn we daarna gaan zoenen.'

En toen gingen de violen van start, dacht Laura. En er was rozengeur en maneschijn. Amen.

'Kon-ie het een beetje?' vroeg ze.

'Mmm.'

Laura bleef haar vriendin aankijken. Maar viel er meer te zeggen over een zoen dan 'mmm' of 'mwa' of 'nou nee'? Op de een of andere manier hoopte ze op meer details, op iets wat haar gerust zou stellen.

Haar eerste echte zoenen, met Lars, waren vooral eigenaardig geweest. Vreemd, anders dan ze had gedacht. Voor die tijd had ze zich vooral bezorgd afgevraagd hoe zíj het zou vinden, want anderen konden nou wel zeggen dat het 'mmm' was, maar wie zei dat niet iedereen elkaar napraatte? Dat je de kans liep voor gek verklaard te worden als jíj het per ongeluk maar 'zozo' vond? Want het leek haar niks, als ze dat zo zag in de bioscoop of op straat. Mensen die in elkaar stonden te happen, te kauwen. Zo zag het eruit tenminste, in de film. Op straat zou je misschien meer kunnen leren, maar ja, daar kon je weer niet met je neus op gaan staan. Nee, zij had er nog nooit de minste behoefte toe gevoeld. En met Lars dan? Ze was wel echt verliefd op hem en vond het heerlijk om dichtbij hem te zijn, zich tegen hem aan te drukken, zijn handen in haar haar, op haar rug, om haar borsten... Maar zoenen vond ze niet zo speciaal. Ze was zich er haarscherp van bewust dat er een extra tong in haar mond rond bewoog en dat was wel een tijdje spannend, maar niet te lang. Ze kreeg er ademnood van.

Had Koos dat ook? Ze durfde het niet te vragen. Misschien lag het allemaal wel aan haar, was ze te gespannen, vergat zij gewoon adem te halen. Andere meiden deden dat natuurlijk vanzelf goed. 'Luisteren naar je lichaam' heette dat. Je kop moest je uitzetten.

'Hij zei dat hij mij ook al een tijd leuk vond,' ging Koos verder, 'maar dat hij nooit zo snel toeslaat.'

'Tóeslaat?'

'Dat hij dat niet zo gauw durft te bekennen. Op een meisje af stappen enzo.'

'Heeft hij maar weer geboft met jou.'

'Dat zei hij ook!' Koos lachte bij de herinnering. 'En gisteren hebben we gewandeld en gepraat bij de oude haven en bij de sluizen.'

Koos vertelde heel precies wát er gezegd was, hoe en waar. Wat er gedáán was, mocht Laura voor het grootste deel zelf invullen. Daarna was zij aan de beurt. Haar verslag had minder details. De zondag was nou eenmaal lang, saai en vervelend geweest. Toen ze vertelde hoe haar vader en Kaat hadden staan zoenen, leefde Koos mee. Nee zeg, daar zou zij ook niet tegen kunnen. Dat deden ouders maar als ze alleen waren.

'Zitten jullie hier?' Kiki kwam vanachter een pilaar tevoorschijn. 'Dat zag er gezellig uit, zaterdag! Is het nog aan?'

'Ja-a,' zei Koos.

'Die gozer volleybalt toch bij ons, bij Swift? Hoe heet hij ook alweer?'

'Milan.'

'Ja! Pas maar op, ik vind hem ook wel leuk. En als ik eenmaal mijn charmes in de strijd gooi...'

'Jij blijft van hem af, denk erom!'

'Privébezit?'

'Dacht het wel.'

Kiki sloeg haar arm om Laura heen. 'Nou dan gaan wij toch samen op zoek naar andere leuke kerels? Voortaan zul je met mij uit moeten, Lau, want reken maar niet dat je nog wat aan die tante hebt. Die zit voortaan op zaterdag met haar Milo op de bank.'

'Milán!' riep Koos. Ze keek naar Laura alsof ze wilde peilen hoe Kiki's grapje viel.

'Wij gaan ons prima vermaken,' ging Kiki door. 'Kom op.' Ze trok Laura nog verder naar zich toe. 'Zo lang wij vrije vrouwen zijn, nemen we het er flink van. Je zult nog jaloers zijn op ons.' Bij die laatste woorden prikte ze met een vinger naar Koos.

Koos lachte. Tegelijkertijd ging de bel.

'We zullen zien wie jaloers is op wie,' zei ze.

'Waar moeten we eigenlijk naartoe?' vroeg Kiki.

'Maatschappijleer,' zei Laura. Ze trok haar arm terug. 'We schieten totaal niet op met onze opdracht.'

'Met wie zit je in een groepje?'

'Met Titus en Daniël.'

'Daniël?!'

Ze slenterden door de gang in de richting van het lokaal.

'Ik zit met Cas,' zei Kiki enthousiast. Zag ze iets in Cas? Dat was dan pech, want die had al heel lang iets met Marit. Al wel een halfjaar misschien.

'Wij hebben criminaliteit als onderwerp gekozen,' zei Laura. 'Dat wilde Daniël graag, maar vervolgens is hij er nooit.'

'Misschien doet hij veldwerk?' lachte Kiki.

In het lokaal was Daniël al met Titus in gesprek.

Zuchtend ging Laura bij hen zitten.

'Laura heeft er weer echt zin in,' zei Daniël.

'Ik vind dat we nou maar eens spijkers met koppen moeten slaan,' begon Laura.

Ze viste pen en papier uit haar tas en legde het voor haar op de bank. 'Als we eerst een inhoud maken,' stelde ze voor. 'Dan kunnen we het werk verdelen.'

'Dat is wel wat kort door de bocht,' vond Daniël. 'We zijn nog niet half klaar met de discussie over de definitie van criminaliteit.'

Titus keek van de een naar de ander.

'Een inhoud lijkt me een goed idee,' zei hij.

'Mij niet,' zei Daniël en hij ging met zijn armen over elkaar zitten. 'Ik heb geen zin in zo'n oppervlakkig verhaaltje.'

Wat was dat toch een onmogelijk joch. Je zou zien dat ze zo nog drie lesuren heen en weer zaten te ruziën en dat zij uiteindelijk met Titus samen de tekst kon schrijven. Dan was Daniël opeens niet meer te vinden. Die jongen kon echt alleen maar ouwehoeren.

'Wat ik een interessante vraag vind,' ging Daniël verder, 'is, in hoeverre wij brave scholieren, diep van binnen eigenlijk ook kleine crimineeltjes zijn. Zo'n werkstuk over criminaliteit moet altijd starten vanuit een zelfonderzoek.'

Titus keek naar Laura.

'Onderzoek jij dan jezelf maar,' zei Laura, kribbiger dan ze bedoelde. 'Ik wil nou even doorwerken.'

Daniël staarde haar aan. Veel te lang, veel te intensief naar Laura's zin.

'Weet je wat het met jou is,' zei hij langzaam. 'Er hangt iets om jou heen van verzet en ontkenning. Een soort grauwsluier. Volgens mij wil jij helemaal niets weten van je eigen agressie. Jij onderdrukt dat liever.'

Opeens voelde Laura de woede naar boven kolken. Het afgelopen weekend had ze tot op dat moment nog helemaal onder de duim gehad: het getob van Nicolet, Maarten die zo nodig op háár verjaardag met Kaat naar Praag moest, Koos die geen sjoege gaf. Zelfs haar hongerige maag had ze tot nu toe kunnen vergeten; die ochtend had ze weer het ontbijt overgeslagen. Maar nu die lamlendige klier over onderdrukte agressie begon, kon ze zich niet meer inhouden.

'Weet je waar ik bijzonder agressief van word,' gilde ze. 'Van jouw gezeur! Zo schieten we toch geen zak op! En het kan mij persoonlijk geen moer schelen hoe crimineel jij vanbinnen bent. Hou het maar lekker voor je.'

De Koning kwam verschrikt hun kant op.

'Wat is er, jongens?' vroeg hij. 'Komen jullie er niet uit?'

Zoals die man naar de bekende weg kon vragen!

Daniël zat haar intussen buitengewoon zoetsappig aan te grijnzen. Hij keek even rond om te zien of hij voldoende publiek had, en zei toen: 'Dat bedoel ik nou. Die bui zag ik al om je heen hangen toen je het lokaal in kwam. Ik heb daar een soort extra zintuig voor, een speciale begaafdheid.'

Laura hield zich niet meer in. Ze pakte haar etui en begon Daniël op zijn hoofd te slaan. Daniël hief zijn armen om de klappen af te weren.

'Au! Dat mens is hysterisch, zie je dat?'

'Laura Lakmaker, ga jij eens even een ommetje maken,' zei De Koning. 'Zo gaan we hier niet met elkaar om.'

'O nee?' zei Laura. 'Als ik met dat joch in een groepje moet zitten, dan hou ik er nou mee op.'

Koos liep op Laura af en pakte haar bij een arm.

'Kom mee,' zei ze. 'Gaan we even samen naar de gang.'

Laura liet zich meevoeren. Achter haar hoorde ze De

Koning nog mompelen dat samenwerken ook een vaardigheid was.

'Ik kan er gewoon niet meer tegen,' zei ze, zodra Koos de deur van het lokaal achter hen had dichtgedaan. 'Die klojo werkt op mijn zenuwen.'

'Is dat het enige?' vroeg Koos.

'Nee, de rest van de wereld ook, maar die was even niet binnen handbereik.'

Ze schoot in de lach. Koos lachte met haar mee.

'Gek!' hinnikte ze. 'Je hebt Daniël op zijn kop geslagen.'

'Daar vroeg hij om. Merkwaardig dat hij dat niet zag aankomen, met zijn speciale gave.'

In de gang kwamen ze Cas en Marit tegen, die zo te zien hard geholdden hadden om op tijd te komen bij maatschappijleer. Ze zagen er verhit uit en hun kleren zaten anders, rommeliger. Ze keken een beetje betrapt toen Koos riep: 'Te laat! Kiki zit al met smart op je te wachten, Cas.'

Om Cas' mondhoeken speelde een glimlachje en Marit keek geheimzinnig.

'We hadden het even druk met iets anders,' zei Cas in het voorbijgaan.

'Volgens mij,' begon Koos, terwijl ze zich half omdraaide. 'Ach, laat maar.'

Wat bedoelde Koos? Was er iets waarover ze niet met Laura wou praten? Niet kón praten misschien? Omdat Laura nog geen vriendje had?

'Kom op, we gaan even langs Maria,' zei Koos. 'Ik heb zin in een gevulde koek.'

Laura's maag rammelde heftig.

'Ja,' zei ze. 'Een gevulde koek. Of drie misschien.'

Oppassen

Peer deed open.

'Ha Laura meid, kom erin!' Hij deed een stap opzij om haar door te laten. Een kleine stap, waardoor ze met haar elleboog langs zijn borst veegde. Lowieke en Maartje kwamen al aanrennen.

'Laura! Laura!' Maartje duwde een tekening onder Laura's neus, waarop ze haar naam had geschreven in onhandige spiegelbeeldletters.

'Kijk!'

'Wat goed! Wat knap van je!'

'Kijk daar dan.' Maartje wees naar de rechter bovenhoek. Nog meer letters. Laura spande zich in om ook dit geheimschrift te ontcijferen. 'VOR LUAULA' stond er.

'Voor mij?' vroeg ze.

Maartje knikte trots. Laura tilde haar op en draaide een rondje met haar. 'Jij bent echt knap. Dankjewel! Ik ga hem boven mijn bed hangen.'

'Kan Flo dat ook?' vroeg Maartje, toen Laura haar had neergezet.

Kleine heks, dacht Laura. Maartje zat bij Flo in de kleuterklas en ze wist heel goed dat Flo niet zo handig was met potlood en papier. Nee, Flo kon dit nog lang niet. Ze deed ook net of het haar niet interesseerde.

'Flo kleurt liever,' zei Laura. Ze draaide zich om naar Lowieke, die al die tijd braaf had staan wachten.

'Hé meid,' zei ze. 'Hoe is het met jou?'

'Goed,' zei Lowieke. Met stralende ogen haalde ze iets achter haar rug vandaan. Haar schrift met verhaaltjes.

'Heb je een nieuwe?' vroeg Laura.

Lowieke knikte.

'Kom op, gaan we op de bank zitten en dan lees ik hem voor.'

Met aan iedere hand een dansend en trekkend kind strompelde Laura naar de woonkamer. Lachend ploften ze met z'n drieën op de bank.

'Eerst even kietelen,' zei Laura. En al gauw lagen de meiden gierend van het lachen over elkaar heen.

Plotseling zag ze Peer in de deuropening. Hoelang stond hij daar al? Er lag iets in zijn blik, in die glimmende ogen, iets zwemmerigs. Laura ging meteen rechtop zitten.

'Kom, ik ga voorlezen,' zei ze. Ze klopte naast zich op de bank en de meisjes gingen aan weerskanten van haar zitten. Ze kropen dicht tegen haar aan. Voordat Laura het schrift van Lowieke opensloeg, keek ze nog even naar de deur. Peer was verdwenen.

Niet lang daarna kwam Lia de kamer in, een wolk van parfum om haar heen.

'Het is alweer gezellig, zie ik,' zei ze. 'Hai Laura. Alles goed?'

'Prima,' zei Laura.

Lia had duidelijk haast.

'Ik heb lekkers voor jullie klaargezet op het aanrecht, ja? En die grieten moeten er om half negen wel echt in liggen, hoor? Lukt dat?'

'Tuurlijk,' zei Laura.

'We zijn voor twaalven terug.' En weg was Lia. Peer liet zich niet meer zien. Even later hoorde Laura de buitendeur slaan.

Gelukkig lustten de kinderen ook wel anderhalf portie lekkers. Laura keek toe hoe ze krakend alle chips opaten en van hun limonade slurpten. Ze speelden blindemannetje en verstoppertje totdat de meisjes volledig uitgeput leken. Dat was Laura's vaste aanpak, omdat ze wist dat ze daarna bijna altijd een rustige avond had.

'Koko ligt nog op mama's bed,' zei Maartje slaperig, toen ze eindelijk rustig lag.

'Hoe ziet Koko eruit?'

'Paars met lange oren,' klonk het vanonder de deken.

'Het is een konijn,' zei Lowieke.

'Ik haal hem wel even.'

Laura duwde de deur van de grote slaapkamer voorzichtig open. Het voelde alsof ze iets verbodens deed. Hier kwam ze natuurlijk nooit. Koko lag inderdaad op het voeteneind van het keurig opgemaakte brede bed. Een lichtpaarse sprei met grote, donkere rafelige tulpen hing aan weerskanten af. Laura staarde naar het schilderij boven het bed; drie vrouwen aan het baden in een grote rivier. Stevige vrouwen. Daar hield Peer van tenslotte.

Maartje riep. Snel griste Laura Koko weg en liep terug naar Maartje.

'Welterusten,' zei ze.

'Trusten,' klonk het zacht. Lowieke sliep al.

Op de gang zag Laura dat de deur van de echtelijke slaapkamer nog op een kier stond. Ze had de deurkruk al in de hand om hem aan te trekken, toen ze zich bedacht. Dat schilderij wilde ze nog een keer zien. Opnieuw sloop ze de kamer in, op haar tenen. Nu voelde het pas echt verboden. De badende vrouwen leken naakter dan daarnet. Vooral die ene daar, die maar tot haar knieën in het water stond, haar rug naar je toegedraaid, maar die je uitdagend aankeek vanover haar schouder. Trots toonde ze haar dikke billen en weelderige heup. Dus dat vond Peer aantrekkelijk.

Het schoot haar te binnen hoe Peer naar haar gekeken had, eerder die avond. Ze schrok. Het was alsof ze zich hier in die verboden slaapkamer, zíjn slaapkamer, opnieuw blootstelde aan zijn blik. Met een paar passen was ze bij de deur. Ze glipte de gang op en trok de deur stevig achter zich dicht.

'Peer brengt je wel even thuis,' zei Lia later die avond.
'Dat hoeft niet,' zei Laura. 'Het is zo dichtbij.'
'Maar dat hebben we Nicolet beloofd.'
Peer liep al voor Laura uit naar buiten en hield het autoportier voor haar open.
'Dame,' zei hij met een grijns.
Laura stapte in en wachtte af tot Peer naast haar kwam zitten. Onwillekeurig keek ze naar zijn knie die zo vlakbij de hare was.
Terwijl Peer de motor startte, wierp hij een snelle blik opzij. Een tijdje reden ze zonder dat er een woord gezegd werd. Peer kuchte een paar keer op een rare ongemakkelijke manier. Zijn handen gingen onrustig over het stuur. Gespannen keek hij voor zich op de weg.
Pas toen ze bij de Geesterweg linksaf sloegen, zei hij: 'Weet je wel, dat we heel blij met jou zijn, als oppas?'
'O. Ja,' zei Laura. 'Bedankt.'
'Zoals jij met de meiden omgaat, dat vind ik zo...' Peer schudde zijn hoofd, zijn hand fladderde van het stuur af en weer terug. 'Zo ongedwongen, gezellig. Jij geeft ze heel veel warmte, wist je dat?'
'Nee eh ja. Ik vind ze heel lief.'
'En zij jou, dat kan ik wel merken. Je bént ook lief voor ze, dus...'
Ze draaiden de hoek om naar de wijk, waarin Laura woonde. Haar huis was nu niet ver meer.
'Weet je, misschien vind je het gek dat ik het zeg, maar dat mis ik wel eens bij Lia. Ze is een heel goede moeder hoor, echt, daar zeg ik niks van. De meiden zien er piekfijn uit, altijd met schone kleren naar school, ze zorgt dat ze goed eten. Kijk, ik doe ook wel het een en ander in huis, zo

geëmancipeerd ben ik ook wel weer, maar eerlijk is eerlijk, zij doet het leeuwendeel. En dat doet ze goed. Ik heb heel veel bewondering voor haar, maar... Wacht ik zet de auto even aan de kant, we zijn er bijna, en ik wou dit toch nog even kwijt. Ik hoop dat je het niet erg vindt?'

Laura schudde haar hoofd. Wat moest ze dan doen? Zeggen dat ze het vreselijk vond? Dat vond ze niet. Het was hooguit een beetje benauwd, zo met Peer alleen in die kleine ruimte. En dan die bekentenissen. Aan één kant voelde het alsof Peer te dichtbij kwam, dichterbij dan ze wou. Maar aan de andere kant, als hij hier nou vreselijk mee zat en het aan háár wilde vertellen? Blijkbaar vertrouwde hij haar, zag hij haar als iemand aan wie je problemen kunt voorleggen. En dat klopte ook wel. Ze was dan misschien nog niet eens zestien, maar ze had van Maarten en Nicolet ook al hele verhalen aangehoord, zij schrok niet zo gauw meer ergens van.

'Nee,' zei ze. 'Het is wel goed.'

'Dat is lief van je.' Hij glimlachte op een vreemde manier, die Laura niet goed plaatsen kon. 'Dat bedoel ik nou.'

Even kneep hij in haar knie, heel even maar. Het voelde als een elektrische schok.

'Jij straalt warmte uit. Jij hebt niet dat strakke wat sommige mensen hebben, wat Lia ook een beetje heeft, dat voortdurende afstand houden.'

'Heeft Lia dat... ook met de kinderen?' vroeg Laura aarzelend.

'Ja-a, maar niet alleen met de kinderen. Ja, ik weet eigenlijk niet zeker of ik jou hiermee moet opzadelen. Hoe oud ben je ook alweer?'

'Nog steeds zestien,' zei Laura. Hij had haar dat ook al gevraagd in de kroeg, maar kennelijk was hij het antwoord vergeten.

'Mooie leeftijd,' zei Peer. 'Ja, dan lijkt het allemaal nog zo eh... makkelijk. Maar als je dan ouder wordt, dan... Nou ja, dan ontwikkelen mensen zich soms heel anders. Ik voel me vaak nog zestien, weet je dat?'

Laura keek naar het gezicht naast haar, dat in het lamplicht van de straatlantaarn een beetje geel leek. Ze keek naar de vermoeide ogen met wallen eronder.

'Ja, daar kan jij om lachen.'

'Ik lach niet,' zei Laura snel. Had ze zich verraden met haar peinzende blik?

'Nee líeverd, dat weet ik wel.' Nu rustte Peers hand zwaar op haar knie en die hand ging niet meer weg. Het voelde niet vervelend, merkte Laura tot haar verbazing, zo'n grote warme hand die haar koesterde, die nu langzaam bewoog, haar knie heel zacht kneedde. Al werd ze er wel een beetje zenuwachtig van.

Peer zuchtte. 'Jij bent echt een lieve meid en... niet alleen mijn meisjes vinden dat. Je moet het me maar niet kwalijk nemen, hoor. Jij denkt natuurlijk, wat moet zo'n vent van me, maar ik mis dat gewoon heel erg in huis, die warmte, dat je elkaar wat liefde geeft. Lia is zó bezig met alle regeldingen, dat er van een beetje knuffelen nooit meer wat terecht komt. Ik verwijt haar niks, begrijp me goed, maar ik mís het wel. En als ik jou dan zo lekker zie stoeien met de meiden, dan...'

Zijn stem werd onzeker. Verschrikt keek Laura opzij. Hij ging toch niet huilen? Twee waterige ogen keken haar aan. 'Dan ben ik gewoon jaloers, weet je dat?' Hij draaide zich verder naar Laura toe en woelde met zijn andere hand zachtjes door haar haar.

'De man die jou later krijgt, die mag zijn handjes dichtknijpen. Heb je al een vriendje?'

Zijn drankadem was goed te ruiken nu hij zo dichtbij kwam.

'Nee,' zei Laura.

'Wel gehad zeker?'

'Eh,' Laura aarzelde, 'een vakantievriendje.'

Peer ging iets meer rechtop zitten en keek haar aan.

'En daarna dan?'

Laura slikte. Iets in haar zei dat ze niet moest antwoorden, dat het van haar was. Maar de vragende ogen van Peer
waren tegelijkertijd zo uitnodigend.

'Hij heeft niets meer laten horen. Ik heb wel gemaild,
maar...' Ze trok haar schouders op.

'Die jongen is gek!' zei Peer. 'Zo'n prachtige meid en dan
niks meer laten horen?'

Laura lachte. Ze voelde een soort vage dankbaarheid. De
verontwaardiging van Peer gaf haar steun, sterkte haar in
het idee dat Lars fout zat, maar het deed ook pijn.

De greep om haar knie werd steviger. Laura voelde zich
warm worden en heel even wilde ze niets liever dan zich
tegen hem aan drukken. Getroost worden door die stre-
lende handen, die sterke armen en dat warme lijf.
Wegkruipen wilde ze.

Nu schoof Peer zijn hand over haar dij omhoog. Met de
andere trok hij haar naar zich toe en zoende haar in haar
haar. Opeens vouwden zijn vingers zich om haar borst.
Een schok ging door Laura's lichaam. Ze wilde die hand
wegduwen, maar Peer had haar stevig vast. Hij drukte zijn
mond op de hare en zoog zich aan haar vast. Laura stikte
zowat, ze werd misselijk van zijn drankadem. Uit alle
macht probeerde ze nu haar hoofd weg te draaien. Ze trok
en rukte met haar schouders om los te komen. Die vieze
natte lippen! In paniek tastte ze achter zich naar de gren-
del van het autoportier. Ze kneep en voelde hoe het portier
meegaf. Ze zakte opzij. Verschrikt door de kou die opeens
binnendrong, liet Peer los. Hij keek haar verward aan.
'Lieve Laura, ik wou...' Laura schudde zich nu los en viel

bijna naar buiten. Ze struikelde de straat op.

'Laura luister, ik...'

Met een klap gooide ze het portier achter zich dicht en begon te rennen. Tranen liepen over haar wangen. Ze moest zo vreselijk huilen. Kon ze maar even stoppen, ergens gaan zitten, maar dat durfde ze niet. Straks kwam hij achter haar aan. Pas twee straten verderop stond ze hijgend stil en luisterde gespannen. Niks. Het was stil op straat, geen auto te horen. Tussen twee geparkeerde auto's in ging ze op de stoeprand zitten. Nu kwamen de tranen pas echt. Ze huilde eerst zacht, maar toen steeds harder. Een rauw geluid, waar ze verbaasd naar luisterde. Ze wreef met een mouw over haar mond, over haar gezicht. Het moest weg, die nattigheid, dat kwijl. Ze rook naar hem! Haar maag draaide. Ze voelde aan haar borst, waar Peers hand net nog omheen had gelegen en wreef erover. Die handafdruk moest weg, het moest weer haar borst worden. Ze moest naar huis, onder de douche, in bad. Onder de dekens, weg van alles. Weg van zichzelf.

Het blijft tussen ons

De volgende morgen ging de telefoon al vroeg, voor zover je tien uur vroeg kunt noemen voor een rustige zaterdag.

'Dat zal je vader wel zijn.' Nicolet nam op.

Laura zat in haar ochtendjas aan de ontbijttafel. Ze had flink gekruimeld met de cracker die ze zichzelf als ontbijt gegund had, zodat het heel wat leek. Met haar wijsvinger tekende ze een patroontje op haar bord. Haar hoofd gonsde omdat ze veel te vroeg wakker was geworden na een onrustige nacht. Het was of de hand van Peer nog steeds haar borst omklemde, haar nog steeds stevig vast had. Ze had drie kwartier onder de douche gestaan, om dat gevoel te laten verdwijnen, maar het had niet geholpen. Hoe ze ook boende en zeepte, die handen gingen niet weg. Erger nog, hoe meer ze met haar lichaam bezig was, des te scherper zag ze ze weer voor zich. Die opgezwollen aderen, die vlezige vingers. Ze wilde die dwingende handen kwijtraken, dat aaien, dat kneden, die hese stem.

'Hé goeiemorgen.' Nicolets stem klonk verbaasd.

'Laura, het is voor jou. Peer.'

Het bloed joeg in één klap naar haar hoofd. Wat moest ze doen? Wat moest ze zeggen met Nicolet erbij?

Aarzelend nam Laura de hoorn van Nicolet over.

'Ja Laura, met Peer hier. Laura luister, het spijt me vreselijk wat er gisteravond is gebeurd. Ik had mezelf niet in de hand. Ik ben helemaal buiten mijn boekje gegaan, dat besef ik wel. Mag ik er alsjeblieft even met je over praten?'

Laura's hart ging als een gek tekeer. Alleen die stem al!

'Ik zou het liefst even ergens met je gaan koffie drinken en dan...'

Koffie drinken? Hem opnieuw zien?

'Ik wil je zo graag even zien en dan onder vier ogen... mijn excuus aanbieden. Echt, het spijt me vreselijk.'

Het klonk alsof Peer op het punt stond in huilen uit te barsten.

Laura's keel was zo droog dat ze nauwelijks kon praten. Ze voelde hoe Nicolet naar haar stond te kijken. Eén ding wist ze zeker: ze ging hier niet met Nicolet over praten. Misschien wel met niemand. Ze schaamde zich zo vreselijk. Was het ook niet een beetje haar eigen schuld geweest? Had ze niet meteen, zodra hij aan haar zat, 'Hou daar mee op!' moeten zeggen?

'Waar?' vroeg ze toonloos.

'Op het Kerkplein, vind je dat wat? In dat koffiehuis. Daar kunnen we wel een rustig plekje vinden.'

'Goed.'

'Om... elf uur? Red je dat?'

'Jawel.'

'Ja?' De opluchting in Peers stem was duidelijk te horen. 'Héél fijn als je dat wilt. Ik vind het zo'n nare situatie.'

Laura knikte. 'Ik ben er,' zei ze en meteen hing ze op.

'Is er iets?' vroeg Nicolet.

'Nee,' zei Laura. 'Ze hadden geen kleingeld gisteravond. Ik ga even naar het Kerkplein en dan krijg ik het van Peer.'

'Oh?' Met het krulletje in haar stem wilde Nicolet overduidelijk haar verbazing laten blijken.

Laat maar, dacht Laura. Ze moest nu niet praten. De tranen lagen weer op de loer. Hoe ging ze dat trouwens met Peer doen, vroeg ze zich af terwijl ze naar boven liep. Ze voelde zich zo wiebelig, zo huilerig, alsof de wind door haar heen kon blazen.

Ze trok haar gestreepte sweater uit de kast. Of misschien toch beter die effen blauwe? Van horizontale strepen werd je dik. 'Daar houdt ie toch van, trut,' mompelde ze half hardop tegen zichzelf. 'Een beetje stevig! Ga jij je vooral af lopen vragen wat voor indruk je op die zak tabak maakt.' Boos wurmde ze zich in haar blauwe sweater.

Om tien minuten voor elf schoof Laura aan een tafel in een hoekje van de koffietent. Ze ging op haar handen zitten om niet te hoeven zien hoe die trilden.
'Kan ik je helpen?' vroeg een jongen met een groot wit schort voor.
'Nee,' zei ze. 'Ik wacht op iemand. Dankjewel.'
De jongen knikte haar toe en ging verder met het afnemen van tafeltjes en het neerzetten van asbakken.
Ze zag Peer al lopen toen hij nog op de stoep was en even had ze de neiging op te staan en zich ergens achterin het koffiehuis te verbergen. Haar hart bonsde weer als een razende. Het leek wel of ze bang was! Voor hem? Of voor zichzelf? Voor wat zij zou doen of zeggen? Want toen ze zag hoe hij, eenmaal binnen, met een ferme ruk de rits van zijn jack opentrok en een hand door zijn haar haalde, voelde ze toch ook spijt. Alsof zíj iets verpest had.
Zodra Peer haar zag, sloeg hij zijn ogen neer. Met een paar grote stappen was hij bij het tafeltje.
'Ha Laura,' zei hij, terwijl hij tegenover haar ging zitten. 'Fijn dat je kon komen. Heb je al iets besteld?'
'Nee.'
'Wil je koffie?'
Laura knikte.
Peer draaide zich om en zwaaide naar de jongen met het witte schort.
'Twee koffie,' riep hij. Snel draaide hij zich weer naar Laura. 'Appeltaart?'
Hij keek bijna hoopvol alsof het een goed teken zou zijn als ze daarop inging.
'Nee.'

Voorzichtig probeerde Peer een glimlach. Als vanzelf keek Laura weg. Ze wist stomweg niet hoe ze reageren moest. Dat gezicht van hem, die openstaande kraag waarin het begin van borsthaar zichtbaar was, die handen, het was allemaal te dichtbij. Hij kon haar zo weer aanraken. Een lichte paniek kroop in haar omhoog. Liefst zou ze haar stoel een meter achteruit schuiven, weghollen misschien wel.

'Je bent kwaad op me, hè Laura. En dat begrijp ik heel goed. Ik weet niet wat ik had. Ja, een emotionele bui, maar gewoonlijk...'

Er werd een dienblaadje tussen hen in geschoven. 'Alstublieft.' De jongen verborg het bonnetje half onder het blaadje en vertrok snel weer. Was het zo goed te zien dat zij iets moeilijks te bespreken hadden?

'Wil jij melk en suiker?'

Laura schudde haar hoofd. Ze kreeg geen woord over haar lippen.

Peer goot een geweldige scheut melk in zijn koffie en liet drie klonten één voor één in zijn kop zakken. Stevige koffie.

'Weet je Laura,' begon hij opnieuw. 'Ik was in een verkeerde stemming. Ik eh... Tussen Lia en mij gaat het niet bijzonder goed op het moment en... Nou ja, dat is vervelend en... dan zoek je steun. Maar wat ik deed is natuurlijk absoluut ontoelaatbaar.' Peer gebaarde driftig met zijn handen om zijn woorden kracht bij te zetten, nee, om Laura ervan te overtuigen dat hij het echt meende. Om zichzelf daarvan te overtuigen misschien wel.

'Ik had je gewoon thuis moeten brengen en... natuurlijk, die complimenten meende ik allemaal, maar...' Nu keek hij haar recht aan. 'Ik had van je af moeten blijven.'

Laura staarde naar het tafelblad, terwijl ze langzaam knikte. Ze besefte dat het nu leek alsof zíj haar hoofd boog, alsof zíj zich ergens voor schaamde, maar ze kon hem niet aankijken. Hij hoefde niet te zien dat de tranen achter haar ogen brandden. Ze wist zich geen raad met een plotseling, onverklaarbaar gevoel van opluchting, van dankbaarheid zelfs. Dankbaarheid ja! Dat was het wat ze voelde! Omdat hij zich zo verontschuldigde, zó zijn best deed om het weer goed te maken. Zo áárdig tegen haar was. Zat je dan niet gek in elkaar? Nou, dat zat ze en dat hoefde hij niet te zien.

'Ik hoop, Laura, dat je me nu niet voor eeuwig een... zak vindt en dat je zo'n hekel aan me hebt dat je nooit meer bij ons thuis zou willen komen.'

Daar had Laura zelf nog niet over nagedacht. Weer oppassen. Peers gezin was haar vaste oppasadres, al jaren. Wat zouden Maartje en Lowieke zeggen als ze niet meer kwam? En Lia? Wist Lia iets? Peer zou het haar niet vertellen.

'Maartje en Lowieke zouden je vreselijk missen.'

'Ik eh...' In Laura's hoofd joeg een storm. Het idee opnieuw dat huis binnen te gaan, Peer te zien, door hem thuisgebracht te worden...

'Als ik je beloof, dat het echt nooit meer gebeurt. Echt niet.' Met zijn hoofd schuin keek Peer haar vragend aan, smekend bijna.

'Oké,' zei Laura.

'Pak van mijn hart.' Peer lachte, net iets te vrolijk, net iets te gauw. Had hij erop gerekend dat ze wel overstag zou gaan? Laura nam een slok van haar koffie en keek voor zich uit. Ze wou dat het gesprek afgelopen was, dat hij wegging.

'Laura, kijk me eens aan.'

Schichtig keek ze in dat gezicht, in die lichte ogen.

'Lach eens naar me.'

Shit, nou ging ze weer bijna huilen. Ze staarde krampachtig naar haar schoteltje.

'Laat me maar even,' zei ze.

'Goed.' Peer stond op en diepte zijn portemonnee op uit zijn broekzak.

'Eh, nog even dit,' hij boog zich weer iets naar Laura toe, 'het blijft wel tussen ons, hè? Ik bedoel, ik hoop dat ik voldoende duidelijk heb kunnen maken dat het een vergissing van me was, een gróte vergissing, maar ik hoop dat je het... Dat je het me kunt vergeven. Ja? Zand erover?'

Laura zei niks.

'Oké, Laura. Nou, tot ziens, hè? Toch?'

'Ja, tot ziens.'

Ze hoorde hoe hij wegliep en de piepende buitendeur opentrok. Toen pas kwamen de tranen.

'Kan ik jou nog iets brengen?'

Laura schrok op. De jongen met het witte schort keek haar lachend aan. Hoe lang zat ze hier nou al zo?

'Maak ik je aan het schrikken?'

'Nee-ee,' hakkelde Laura. 'Ik was... ik ga ervandoor.'

'Dat hoeft niet van mij. Je mag hier rustig blijven zitten.'

'Nee, ik ga.'

Ze stond op, liep naar buiten en maakte haar fiets los. Misschien kon ze Koos zo nog even bellen voor vanavond. Wat zou Koos zeggen als ze dat verhaal over Peer hoorde? Want Peer mocht dan wel denken dat het 'onder ons' bleef, maar beste vriendinnen vielen nou eenmaal niet onder dat soort afspraken. Langzaam liet Laura de trappers rondgaan. Het was van dat lekkere herfstweer. Heerlijk om daar zo door te fietsen, je haren te voelen wapperen in de wind.

Zou Koos het wel begrijpen? Zou zij niet vinden dat Laura veel eerder 'nee' had moeten zeggen? Kon ze het eigenlijk wel goed uitleggen?

'Hé Laura,' hoorde ze opeens.

Op de stoep liep haar vroegere buurvrouw. Hè?

'Wat leuk dat je weer eens bij ons komt kijken!'

Laura kreeg een kleur. 'Ja,' zei ze. Ze was naar haar oude straat gefietst! Naar haar oude huis!

'Hoe is het met je?'

'Goed,' zei Laura.

'En met je moeder? Is ze er al een beetje overheen? Ze was wel erg gehecht aan dit huis. Tja, triest dat dat allemaal zo gelopen is.'

'Ja.'

'Nou meid, doe je haar de groeten van me?'

'Ik zal het doen,' zei Laura. Koortsachtig dacht ze na hoe die vrouw nou ook alweer heette. Ze kwam er straks wel op.

Laura keek naar haar oude huis, de vertrouwde gevel, de voordeur, de grote ramen. 'Dag huis,' zei ze zacht. Gek, dat daar nou andere gordijnen hingen. Die rode van Nicolet stonden veel beter. Laura zette haar fiets tegen een lantaarnpaal en liep naar het hek van de voortuin. Even tuurde ze de weg af. Als Lotte nou maar niet net langskwam. Dan zou ze zich zo betrapt voelen. Alsof zij hier een beetje aan het hek stond te kwijlen bij haar oude huis. Het was erg genoeg dat ze nu in zo'n stom rijtjeshuis woonden.

Ze staarde naar de twee rododendrons, die in een hoekje bij de muur stonden. Nicolet had ze niet meegenomen, omdat hun nieuwe tuintje te klein was. Dat zei ze tenminste. Ze waren geplant toen Flo geboren was. Laura was samen met Maarten naar het tuincentrum gegaan en zij had een plant uit mogen zoeken. Het moest een roze zijn, vond zij. Ze had toch een zusje gekregen! Maarten vond alles best, die was in zo'n goeie stemming. Ze herinnerde zich alles nog heel goed. De blijheid om Flo. De visite, alle cadeautjes, iedereen lachte, iedereen was vrolijk. En zij mocht telkens maar met Maarten op stap. Zij deden samen de boodschappen, zij deden samen het huishouden. Ze had zich zo groot gevoeld. Maar er was ook een knagende angst geweest, dat ze alles nu voortaan moest delen met dat nieuwe zusje. Het was nog klein, maar het werd groter natuurlijk. En iedereen was nu al zo gek op haar.

'Was je ook zo blij toen ik geboren was?' had ze gevraagd.

'Toen jíj geboren was? Toen heb ik het hele tuincentrum leeg gekocht. Kijk dan wat er allemaal al staat in onze tuin. Allemaal voor jou!'

Pas toen hij haar beteuterde gezicht zag, begreep hij het en was hij op zijn knieën gezakt. Met een ernstig gezicht had hij gezegd: 'Ik hou heel veel van jou, Laura. En ik zal altijd heel veel van jou houden, daar verandert een nieuw zusje niks aan. Dat verandert nooit.'

Hij had haar bij de hand genomen en was teruggelopen naar de rododendrons, om er nog één te pakken, een iets grotere.

'Deze is voor jou. Die planten we ernaast, zodat je nooit vergeet wat ik je net gezegd heb.'

Maartens nieuwe tuin was niet te klein, maar die was al helemaal ingericht toen hij er kwam wonen. Daar pasten deze twee niet tussen. Want ze waren flink gegroeid in die vijf jaar, het waren echt joekels geworden.

Laura was bijna thuis, toen haar mobieltje in haar jaszak begon te spelen. Snel trok ze het ding tevoorschijn.

'Met Laura.'

'Ja, hoi, met Koos.'

Laura minderde vaart en stapte af. Zij was geen ster in tegelijkertijd fietsen en praten.

'Hoe is het?'

'Goed,' zei Laura. Het verhaal over Peer kwam vanavond wel. 'En jij?'

'Ja, ook goed. Ik heb net een heel spannend zwart jackie gekocht. Weet je wel, zo'n korte, die helemaal aansluit in je taille.'

'O ja,' zei Laura afwezig. Koos was dus alleen gaan winkelen vanmorgen. Of met Milan.

'Hé, maar waarvoor ik bel...'

Laura's maag wist meteen dat er iets was. Koos had een onplezierige mededeling.

'Wij zouden uit, hè, vanavond...'

'Ja,' zei Laura. Dat 'zouden' klonk onheilspellend. Maar eigenlijk was het hele zinnetje fout: natúúrlijk zouden ze uit, ze gingen elke zaterdag samen uit!

'Ja, nou wilde Milan graag naar Orion en eh...'

Dat moet hij dan maar doen, dacht Laura.

'Hij vroeg of ik meeging. Ik vind dat wel leuk en... dan kan jij natuurlijk ook mee...'

Ook mee? Hoezo? Zíj zou toch met Koos uit?

'Jij wilt natuurlijk graag met Milan,' zei Laura aarzelend.

'Ja-a.'

'Maar je was toch gisteren ook met hem, of niet?'

'Jawel.' Koos giechelde zenuwachtig.

Laura wist niet wat haar het meeste pijn deed: het idee dat Koos liever met Milan op stap ging of de vreemde toon van hun gesprek. Ze waren al vier jaar elkaars beste vriendin en nou stonden ze te haperen tegen elkaar alsof ze gisteren op het schoolplein voor het eerst een woord met elkaar gewisseld hadden.

'Ik ga liever gewoon naar De Fuik, maar... jij moet vooral naar Orion gaan, als je dat liever doet.'

'Mm, vind je dat niet vervelend?'

Vind je dat niet vervelend?! Natuurlijk vond ze dat stomvervelend!

'Ik bel Kiki wel en de rest van de klas zal er ook wel zijn.'

'Ja?' Koos klonk opgetogen.

'Jawel, dat komt wel goed. Ik fiets nu even door, want ik sta hier een beetje onhandig. We bellen nog. Dag.'

Langzaam fietste Laura naar huis. Was ze kwaad op Koos? Ja. Was het dan niet logisch dat Koos met haar nieuwe liefde uit wou? Nee, afspraak is afspraak, dacht ze boos. Was ze jaloers? Ja! Niet dat ze zelf een vriendje wou; ze wou haar vriendin terug. Ze zou willen dat Koos vanmiddag nog inzag dat die Milan een lulhannes was. Dat zag toch iedereen? Waarom Koos dan niet? Aan wie moest ze het verhaal van Peer vertellen? Wie zou haar geruststellen of er desnoods met haar om lachen, wie anders zou dat kunnen dan Koos?

Tot acht uur die avond twijfelde Laura of ze wel naar De Fuik zou gaan. Ik kan ook een spelletje scrabble met mijn moeder doen, dacht ze kribbig. Leuk voor de afwisseling. Maar om tien uur stapte ze gewoontegetrouw op haar fiets. Zij zou zich niet laten kennen. Laura's leven ging ook wel door zonder Koos. Vanavond zou het bewijs aan de wereld geleverd worden.

Toen ze binnenkwam keek ze eerst even goed rond. Peer was er toch niet? Vorige week zaterdag liep hij hier tenslotte ook zomaar rond. Maar de kust leek veilig.

'Hé Laura, waar is Koos?' Dat was Kiki.

'Met haar Milan naar Orion of zoiets, maar daar had ik niet zoveel zin in.'

'O.' Kiki aarzelde even. 'Ben je gedumpt?'

'Welnee, ik begrijp het wel. Laat ze maar even. Ik hoef niet de hele tijd getuige te zijn van dat gekwijl.'

Kiki nam haar aandachtig op. Was het al te duidelijk dat ze zich hier een beetje groot stond te houden?

Gelukkig kwam Titus er al snel bij staan. Hij vroeg niet naar Koos, hij begon over maatschappijleer en de rake klappen die Laura aan Daniël had uitgedeeld.

'Dat joch is ook niet te harden,' zei Laura. 'Maar we moeten een groepje blijven van de Koning.'

'Is ook een leerproces,' zei Titus.

'Ik weet nu al wat wij gaan leren,' zei Laura. 'Hoe wij het uiteindelijk met ons tweeën kunnen opknappen.'

Kiki lachte.

'Weet je dat hij een vriendin heeft?'

'Daniël?'

'Ja, Floor uit V4A. Ik had het al gehoord, maar zoiets geloof je natuurlijk niet. En vanmiddag zag ik ze samen. Dik aan.'

'Nou, het zal wel weer jaloezie zijn,' zei Laura met een zucht, 'maar zij liever dan ik.'

'Ben je zo jaloers?' vroeg Titus. 'Hunkerend naar een lover?'

'Reken maar,' zei Laura. Opeens dacht ze aan wat Peer gezegd had over Titus – 'volgens mij wil hij wel meer dan alleen opdrachten met je maken' – en op hetzelfde moment zag ze hem staan. Peer. Hij stond bij de bar en hij had haar ook gezien, maar draaide zijn gezicht snel weer weg. Plotseling was hij zeer verdiept in een gesprek met iemand naast hem.

De groep klasgenoten werd groter. Nadia kwam erbij en even later ook Gonnie, een meisje uit V4A. Weer kwam het gebeuren met Daniël ter sprake. Iedereen was vol bewondering voor Laura's felle reactie. Laura voelde zich groeien, maar begon toch al snel over de muziekles van afgelopen vrijdag, die vreselijk uit de hand gelopen was. Ze voelde zich niet helemaal zeker over haar botsing met Daniël. Het was toch ook wel een beetje raar om iemand zomaar op zijn kop te timmeren, een beetje hysterisch misschien wel, zoals Daniël had gezegd.

Van de muziekles kwamen ze op andere lessen en

docenten van die week. Lekker was dat, kletsen en lachen met zo'n groepje. Misschien zelfs wel leuker dan die dieptegesprekken met Koos.

De een na de ander haalde een rondje. Titus was de eerste die ook tortillachips meenam, met saus. Laura weifelde. Al dat drinken was al niet goed, ze voelde haar lichaam bijna uitzetten en dan ook nog die vette troep. Lachend hield Titus de bak voor haar op. Ze nam een klein handje, morgen sloeg ze wel weer een maaltijd over. Of twee als dat ongezien kon.

'Weet je wie ik bij de bar tegenkwam?' vroeg Titus. Hij gaf zelf meteen het antwoord. 'Marit. Alleen. Tenminste zonder Cas.'

'Zonder Cas?' herhaalde Kiki. 'Zou het uit zijn?'

Het was net een beetje te snel, gretig bijna.

'Nee, tussen die twee gaat het nooit meer uit,' zei Laura. Ze meende het. Cas en Marit hoorden gewoon bij elkaar.

Toen Laura even later aan de beurt was om iets te gaan bestellen, was het bomvol in De Fuik. Ze wurmde zich langs ruggen en schouders en voor ze het wist, stond ze oog in oog met Peer. Alsof ze in een drukke carrousel gezeten had en keurig bij hem was afgeleverd. Hij lachte schaapachtig naar haar en legde een hand op haar bovenarm.

'Laura, ik wou je nog even wat vragen. Heel even.'

Met tegenzin bleef ze staan. Zijn blik was weer ietwat onvast. Had hij weer een slokje teveel op?

'Begrijp me goed, alles wat ik vanmorgen gezegd heb, meen ik van harte, dat staat als een huis, maar ik heb toch een vraagje, iets wat door mijn hoofd blijft spelen.'

'Ja?'

'Begrijp me goed, hoor,' zei hij nog eens.

Die vent zoop echt teveel!

'Dit is geen poging om de weg vrij te maken voor een

herhaling of zoiets, helemaal niet, en ook niet om het goed te praten, het was fout, maar ik had toch heel even de indruk...' Hier pauzeerde hij en hij keek Laura recht aan. 'Ik dacht even te merken, toen in de auto, dat je het niet helemaal onplezierig vond. Aanvankelijk. Dat geeft niks, ik bedoel je bent een gezonde meid, maar even voor mijn eigen idee. Ik bedoel...' Zijn handen gingen vragend de lucht in.

'Dat heb je dan mooi mis,' zei Laura. Ze draaide zich van hem weg en wenkte de jongen achter de bar. Hij bekeek haar weer even nieuwsgierig als altijd.

Thuis wilde ze maar één ding: zich uitkleden en naar bed. Vergeten wat Peer gezegd had, vergeten op welke toon hij het had gezegd, met welke blik. Ze voelde zich beledigd, beschuldigd, betrapt. Betrapt? Was het waar dan, wat hij zei? Had ze het wel plezierig gevonden? Niet onplezierig in elk geval? Ze wilde toch bij hem wegkruipen? Ja, maar niet zo! Hoe dan wel?

Ze sloop naar boven, ze moest zachtjes doen op de trap. Nicolet en Flo lagen vast allang te slapen. Hoewel, met Nicolet wist je dat nooit, maar die wilde ze zeker nu niet tegenkomen.

In de badkamer struikelde ze bijna over de weegschaal. Iemand had hem midden op de tegelvloer gezet. Ze probeerde erlangs te kijken, hem met één voet aan de kant te schuiven. Ze wilde er zeker niet op gaan staan. Na vanavond, na al dat gezuip en die chips, woog ze natuurlijk honderd kilo. Dat hoefde ze toch niet te zien? Als ze nou morgen, na al dat vasten, weer eens ging kijken. Maar het lukte niet. 'Als jij zonodig moet vreten,' zei ze tegen zichzelf, 'dan moet je ook maar zien wat ervan komt.' Met een bonk ging ze op de weegschaal staan. Ja hoor, ze zat weer bij de 63. Iets erboven zelfs!

'Kijk dan naar jezelf, Laura,' zei ze. 'Of durf je dat niet?' Ze draaide zich om naar de spiegel, met lichtgebogen hoofd, alsof ze zichzelf tentoonstelde voor een publiek, een volle zaal. Ze keek.

Eigenlijk leek ze nog het meest op een big met die dikke buik, die bolle billen en dat spek overal. En dan die tieten die maar doorgroeiden, dat was toch ook niet normaal? Als het daar allemaal wat platter was, zou ze vanzelf wat dunner lijken. Of die opgeblazen wangen. Ze blies er nog wat extra lucht in. Het was een kwestie van tijd, nog een paar weken en ze zag er vanzelf zo uit. Haar lichaam was niet meer in bedwang te houden, het leek wel een ontspoorde trein, een losgebroken paard. Het ontwikkelde zich vrolijk verder, hoe zij ook te midden van al dat groeiende geweld stond te gillen dat het afgelopen moest zijn, dat ze verzoop in dat nieuwe pak, dat zij het zelf niet meer was. Waarom was ze niet gewoon mooi strak en plat gebleven? Totdat ze tien werd, had ze altijd een lenig, soepel lichaam gehad, waarmee je goed kon rennen en klimmen. Waarom moest dat zo nodig anders?

Ze graaide haar sokken bij elkaar en de rest van haar kleren en smeet alles in één beweging in de wasmand.

Blijkbaar ging nu alles tegelijk fout. Het was niet alleen dat stomme lijf van haar, dat steeds verder uitdijde zonder dat zij er iets tegen kon doen.

Het kwam ook door die vieze Peer met zijn vieze praatjes en door Koos, die een waardeloze vriendin bleek te zijn en haar gewoon liet stikken. En dan had ze het nog niet eens over haar vader die zo nodig naar Praag moest op haar verjaardag of haar moeder met haar eeuwige verdriet.

Oké, als ze dan alles alleen moest doen, dan zóu ze dat ook doen. Ze kwam echt niet bedelen om aandacht, dat hoefde niemand te denken. Zij trok zich wel terug op haar eiland. Alleen. Ver weg van iedereen, waar niemand zomaar aan haar kon zitten of haar in de steek kon laten, waar niemand haar kon kwetsen.

Samen uit

74 | Op school was het heel makkelijk om elkaar per ongeluk mis te lopen. Je kon andere routes kiezen door de gangen, andere kanten opkijken, niet naast elkaar gaan zitten. Tot Laura's verdriet probeerde Koos zo ongeveer alle mogelijkheden uit.

Het ging al twee weken zo. Het contact was niet verbroken geweest: er waren heel wat woorden heen en weer gegaan tussen hen. Vragen van Laura, antwoorden van Koos. Uitbundige antwoorden. Het was zó leuk allemaal, zó fijn, zó anders dan ze gewend was, zó... Soms kon Laura het niet aanhoren. Ze móest er wel chagrijnige dingen tegenin denken. Haar plek was mooi ingenomen door die stomme gozer, die Milan. Natuurlijk vertelde Koos haar van alles; misschien wel meer dan die Milan leuk vond. Aan intieme details geen gebrek. Al aarzelde Koos soms, dan voelde Laura dat ze dingen wegliet. Ze kletste er vrolijk overheen en sloot Laura buiten. Dus kon ze niet zomaar ja! roepen, toen Koos haar eindelijk voorstelde weer eens op zaterdagavond samen uit te gaan.

'Ik zou eigenlijk met Kiki en Nadia uit.'

'Wees niet boos, Lau. Sorry, sorry, sorry.' Ze pakte Laura bij de arm. 'Ik heb me asociaal gedragen, maar ik ga mijn leven beteren. Die jongen is gewoon tè...'.

Eigenlijk ergerde het haar dat Koos onmiddellijk raadde dat haar bezwaar een hulpeloze sputter was.

Maar ze knikte. Ja, het was goed, ja ze zouden samen uitgaan.

Dus zaten ze zaterdagavond op Laura's kamer, Koos in een

nieuwe spijkerbroek, met een nieuwe bloes, kleren die ze niet samen met Laura gekocht had, allebei met een blikje bier in de hand, om in te drinken. Koos deed duidelijk haar best niet meteen over Milan te beginnen. Ze vroeg aan Laura hoe het ging.

Laura kuchte. Aan niemand had ze durven vertellen wat haar twee weken geleden overkomen was, maar het gebeuren met Peer lag nog steeds als een blok op haar maag.

'Er is iets,' raadde Koos. Ze boog zich half lachend voorover.

'Ja,' zei Laura. 'Er is iets, maar het is niet zo leuk.'

Het gezicht van Koos betrok.

'Twee weken geleden was ik bij die mensen, met die dochtertjes, om op te passen. En die vent, die Peer, bracht me 's avonds naar huis.'

'Nee hè?'

'Jawel.'

'Getver. Wat gebeurde er?'

'Hij begon me te zoenen, hij zat aan me.'

Laura fluisterde bijna. Ze voelde zich het kleine zusje, dat iets opbiecht. Precies één meter bij haar vandaan waren de ogen van Koos en die ogen vertelden haar wat ze wel en niet moest zeggen. Wèl dat ze het vreselijk had gevonden, dat het vies was, dat ze zich los had proberen te wurmen, dat ze 'nee' geroepen had, geschopt en geslagen. En dat die vent toen wel gestopt was. Want hij zou zeker eerder gestopt zijn àls ze dat allemaal gedaan had. Meteen. Wat ze zeker níet moest vertellen was, dat ze zich eerst wel gevleid had gevoeld, bijzonder, anders dan andere meisjes. Dat ze het dáárom aanvankelijk had laten gebeuren, verwonderd over deze plotselinge aandacht, over het feit dat iemand haar nodig had. En omdat het niet onprettig voelde. Maar dat kwam natuurlijk omdat Peer een ervaren man was.

'Wat deed je?' Koos zat nu rechtop. Ze staarde Laura aan. Nu moest ze gaan vertellen van dat schreeuwen, schoppen en slaan. Anders kon ze het schudden.

'Niet zoveel,' zei ze.

'Heb je hem zijn gang laten gaan?'

'Nee, dat ook weer niet, maar...'

'O Lau.' Koos kwam naar haar toe en ging naast haar op het bed zitten. Ze sloeg een arm om Laura heen. 'Wat naar voor je! Durfde je niks terug te doen?'

'Later wel, toen ben ik gauw die auto uit gegaan.'

Fijn was dat, die arm van Koos, die troostende woorden en de geur van DKNY.

'Ik moet je ook niet zo lang aan je lot overlaten. Ga je allemaal domme dingen doen.'

'Mja,' zei Laura.

Koos voerde Laura een slok uit haar blikje. Voorzichtig natuurlijk, want ook Laura was al gekleed op de zaterdagavond.

'En wat nu?' vroeg Koos.

'Hoezo?'

'Ga je ooit nog oppassen bij die mensen? Laat je je nog thuisbrengen door die vent? Nee dus.'

'Volgens mij was het een vergissing. Hij had een beetje teveel op. Hij heeft zijn excuus aangeboden. Eigenlijk wil ik er nog wel graag oppassen. Die meisjes zijn heel leuk en Lia is aardig. En ze betalen wel goed.'

'En je zegt niks tegen die vrouw, die eh Lia?'

'Nee, die maakt daar dan een hele toestand van. Of zíj wil me niet meer als oppas.'

'Alleen maar als iemand anders op haar man past.'

Laura lachte, een glimlach die langzaam maar zeker haar gezicht openbrak. Ze nam een grote slok bier. Een druppel gleed langs haar kin en kriebelde in haar hals.

'Vertel jij nou eens van jóuw liefje.'

Even was er een vreemde blik van Koos. Ze had teveel nadruk gelegd op het woordje jóuw, jóuw liefje.

'Ik heb het zalig met Milan.' Het klonk verontschuldigend.

'Dat mag,' zei Laura met een grijns.

'Hij is heel bijzonder, vertelt niet zoveel uit zichzelf, ik moet altijd een beetje aan hem trekken, maar ik kan wel erg met hem lachen. Dat is ook nooit weg.'

'En zoenen, kan hij dat ook?'

'Nee, dat niet,' zei Koos droog.

'Zit jij even goed,' lachte Laura.

'Tut!'

'Nou, vertel dan.'

'Natuurlijk zoenen we! We zijn al best ver gegaan, eigenlijk.'

Koos schudde zachtjes met haar blikje bier. 'Aan één kant zijn we er wel aan toe, aan echt vrijen, bedoel ik, aan de andere kant, ik ken hem net drie weken.'

'Drie weken,' herhaalde Laura. Ze knikte. Ze had geen idee eigenlijk. Drie weken leek haar vrij kort, maar wat wist zij ervan? Zíj had totaal geen ervaring. Behalve dat onschuldige gehannes met Lars en het minder onschuldige gehannes met Peer. Bah, dat wilde ze helemaal niet met elkaar vergelijken.

'Ik vertrouw hem wel.'

'Waarmee?'

'Met vrijen natuurlijk!'

Wat bedoelde Koos? Dat Milan voorzichtig met haar zou doen? Dat hij voorbehoedsmiddelen in huis zou halen? Of dat hij niet achter haar rug om ook nog met een ander meisje vree, dat het voor eeuwig en altijd was? Hoezo vertrouwen? Er waren dingen, die je vanzelf leek te moeten begrijpen. Alleen begreep zíj ze nog niet.

'Misschien moet je niet teveel op de kalender kijken,'

opperde Laura. 'Drie weken, wat is nou drie weken? Voor de één is het kort, voor de ander lang.'
'Daar heb je gelijk in,' zei Koos. 'Misschien moet ik gewoon mijn gevoel volgen.'
'En dat zegt?'

Koos lachte breed.
'Laten we naar de kroeg gaan.'

Later die avond, toen er nog meer bier gevloeid was en Laura en Koos aan de bar in De Fuik gezelschap hadden gekregen van een paar mensen van school, zei Gonnie tegen Laura: 'Zo, mag jij weer een keer?'
'Hoezo?'
Ze begreep Gonnie heel goed, maar het antwoord, daar zat het probleem.
'Jij mag invallen als Superstar bezet is.' Gonnie lachte. 'Jij bent ook zo lekker naïef.' Ze gaf Laura een zachte, plagerige stoot met haar elleboog.
Naïef. Het was niet de eerste keer dat dat tegen haar gezegd werd. En altijd door van die bijdehante meiden, die zelf natuurlijk van wanten wisten. Die onmiddellijk begrepen wat er bedoeld werd als je een jongen 'kon vertrouwen' of nee, die geen enkele jongen zouden vertrouwen. Want dat was pas echt bijdehand.
'Ik zou even naar mijn make-up kijken, als ik jou was,' zei Laura. 'Het zit nogal scheef.'
Gonnie probeerde zichzelf te bekijken in de spiegel achter de bar.
'Wat is er dan?'
'Een olifantje in je oog en een remspoor eronder.'
'Nou zeg!'
Zo, die was weg.
'Wat zeì je tegen haar?' vroeg Kiki.
'Dat ze haar mond moest gaan spoelen,' zei Laura, over-

moedig geworden door het bier. 'Ze was een beetje vervelend.'

Kiki lachte.

'Dat mens bemoeit zich gewoon overal mee.'

Het werd nu steeds drukker in De Fuik. Nog meer klasgenoten voegden zich bij het groepje voor de bar.

'Jij hebt Daniël wel heel vakkundig weggepest,' zei
Nadia. Iedereen lachte, maar Laura haalde haar schouders
op. Ze werd niet zo graag herinnerd aan haar ruzie met
Daniël.

'Hij is écht van school, hè?' vroeg Nadia.

'Ja, problemen thuis,' zei Titus.

'Kan-ie beter uit huis gaan!'

'Heeft hij ook gedaan,' vertelde Titus. 'Hij woont ergens
anders. Dat hoorde ik tenminste.'

'En hoe moet dat nou met jullie werkstuk?'

'Lau en ik werken altijd heel goed samen,' zei Titus.

Lau. Dat had hij overgenomen van Koos. Waar was die
trouwens gebleven?

Algauw kregen ze het over de leerlingenraadverkiezin-
gen van die dag.

'Op wie heb jij gestemd?' vroeg Kiki aan Laura.

'Op die eh, Karlijn. Het lijkt mij wel goed als er ook meiden in de raad komen.'

'Mij ook,' zei Kiki.

'Heb jij ook al seksistisch gestemd?' Titus mengde zich
in het gesprek.

'Ja!'

'Wat heb je daar nou aan? Als het een waardeloze meid
is, ben je nog nergens!'

'Wie heb jij dan gekozen?' vroeg Nadia.

'Samir!'

'Omdat het een allochtoon is zeker!'

'Helemaal niet!' protesteerde Titus. 'Ik ken hem. Hij is

heel goed en hij schrijft gedichten in de schoolkrant.'

'Ik op Remco,' zei Nadia. 'Omdat-ie zo'n lekker kontje heeft.'

'Dat is pas een goeie reden!' riep Titus.

'Tenminste niet racistisch of seksistisch,' zei Nadia.

'Voor positieve discriminatie op lichaamsdelen bestaat vast ook wel een term,' zei Titus. 'Ik kan er even niet opkomen, maar...'

Laura's gedachten dwaalden weg. Morgen weer naar Maarten. Wat zou hij zeggen als hij het wist van Peer? Die zou waarschijnlijk goed kwaad worden. Maar, had hij zelf nooit zulke dingen gezegd over Nicolet? Tegen Kaat? Misschien klopte het wel wat Nicolet vaak zei, dat Maarten Kaat al heel lang kende. Had hij ook ooit met Kaat in zijn auto gezeten en verteld over zijn vrouw die zo koel was en dat zíj juist zo... Opeens zag ze dat er naar haar gezwaaid werd. Koos. Ze wenkte. Nee hè, Milan was gearriveerd! Laura moest er even bij komen, vond Koos. Verward wrong Laura zich langs een paar klasgenoten. Had Koos verteld dat zíj hier naartoe gingen? Wat stom! Dan kon ze toch wel op haar vingers natellen dat hij ook kwam! Lekker was dat. Gingen ze eindelijk weer een keer samen uit, kwam die kwal ook meteen aanzwemmen.

'Hallo,' zei ze tam toen ze voor Milan stond.

'De boosdoener,' zei Milan met dat typische zelfingenomen lachje van hem.

'Hoezo?'

'Sorry, dat ik je vriendin heb ingepikt.'

'Ik ben blij dat je dat zelf ook ziet,' zei Laura.

'Zelfinzicht is mijn sterkste punt.'

'En je kunt geen avond meer zonder haar, begrijp ik?' Laura probeerde het grappig te laten klinken.

Milan deed een stap achteruit en keek gemaakt verschrikt. *'Pleased to meet you.'*

Zie je wel, totaal geen gevoel voor humor, die knul.

'Of ben je plotseling innig verknocht geraakt aan ons stamkroegje?' ging ze door.

'Ik ben hier op uitnodiging.'

Op uitnodiging? Wat bedoelde hij? Had Koos hem gevráágd te komen? Vond Koos háár zo saai de laatste tijd, dat ze bij voorbaat maar wat extra vertier geregeld had? Even praten met die knul en dan gauw wegwezen, dacht Laura. Ze zou zich niet laten kennen. Nieuwe woorden, nieuwe leuke grappen, spontane lachjes moest ze tevoorschijn toveren.

'Je bent toch wel voorzichtig met haar, hè?'

'Is ze zo breekbaar?'

'Dat weet jij inmiddels beter dan ik, zou ik zeggen.'

Milan keek opzij naar Koos, maar die was in gesprek met Kiki.

'O ja?' vroeg hij. 'Wat vertelt ze allemaal over mij? Toch geen intieme details, mag ik hopen?'

'Tja, wat vertellen vriendinnen elkaar?' zei Laura. Uitdagend keek ze hem aan. Bungel jij maar eens fijn, dacht ze. Denk jij maar dat ik álles weet, dat heb je wel verdiend.

Met zijn hoofd een beetje schuin nam Milan haar op.

'Je maakt me wel nieuwsgierig,' zei hij.

'Terecht.'

Milan sloeg een arm om Koos heen en trok haar naar zich toe.

'Wat hoor ik, liggen mijn geheimen op straat?'

'Hè? Wat bedoel je?' Koos keek van Milan naar Laura.

'Ik zei alleen maar dat ik zo genoten had van de details van jullie laatste afspraak,' zei Laura met een knipoog naar Koos. Nu kon Milan eens zien hoe vriendinnen met elkaar omgingen.

Koos fronste. Ze begreep de grap niet! Snel wierp ze

Milan een suikerzoete, geruststellende glimlach toe. 'Nee hoor schat, ik klap niet uit de school.'

Nou ja!

Laura rilde. Had ze het nou opeens zo koud of moest ze gewoon plassen? Ze schoof tussen de mensen door naar de wc's. Er stonden drie meiden te wachten, allemaal met een ernstig gezicht, allemaal in hoge nood. Nee, vragen of ze voor mocht gaan was er niet bij. Ze hing tegen de wasbak en keek in het kleine spiegeltje erboven. Je hebt zelf een olifantje in je oog, dacht ze, terwijl ze met de nagel van haar pink in haar ooghoek pulkte. Tjee, er zat nu een meid op de wc, die haar plas een week had opgehouden. Waar bleef dat mens? Moesten ze niet iemand waarschuwen? 112 bellen? Dit was toch echt niet meer normaal. De andere meiden begonnen ook gekke bekken naar elkaar te trekken. Opeens ging de deur met een zwaai open. Laura werd ruw aan de kant geduwd.

'Hé trut, ga eens opzij. Als je zeiknat wilt worden moet je blijven staan natuurlijk.'

Een meisje met kort blond haar keek haar venijnig aan. En dat kreng had zij willen redden? Wat kon je toch domme dingen denken soms.

'Over zeiken gesproken,' begon Laura. De andere meiden giechelden.

Het blonde kind hield haar handen maar kort onder de straal en verdween. Even later was Laura aan de beurt. En wat haar nog nooit gebeurd was, gebeurde nu. Tegelijk met haar plas, stroomden ook haar tranen. Ik ben dronken, dacht ze verschrikt. Hoeveel heb ik op? Niet meer dan anders toch? Het komt allemaal door dat gedoe met die Milan. Ze depte haar ogen met wc-papier en keek in de spiegel. Wie had het ook alweer over remsporen? Door het kale licht zag ze eruit als een spook. Ze moest gauw terug naar het genadige halfduister van de kroeg. Maar toen ze de wc uitstapte, wankelde ze.

Ach, waarom zou ze hier eigenlijk blijven hangen? Koos lag in de armen van Milan en kon niet eens meer tegen een grapje. Ze ging lekker naar huis. Nou ja, lekker? Ze ging naar huis.

Een echte vrouw

Natuurlijk had Laura de maandag erna gezegd dat ze het niet leuk vond, die onverwachte komst van Milan, en weer had Koos zich verontschuldigd. Ze had gedacht dat hij pas véél later zou komen. Ze beloofde het voortaan anders te doen. Beter. Een trouwe vriendin te zijn. Maar ze hield zich niet aan haar belofte. In de tijd die volgde kwamen er nog veel zaterdagen waarop Laura zich aansloot bij het groepje van Kiki.

'Blijf je lid van onze club?' had Kiki afgelopen zaterdag gevraagd.

Laura had alleen maar vaag teruggelachen. Wat moest ze anders? Ze kon moeilijk zeggen dat ze tot hen veroordeeld was, zolang Koos geen tijd voor haar had. Zo zat het ook niet helemaal: met het groepje kon je lekker lachen, het was minder intiem dan kletsen met zijn tweeën, maar vrolijk was het zeker. Van lieverlee werd ze vertrouwelijker met Kiki en Nadia. En met Titus. Het contact met hem bleef lacherig en flirterig, maar soms had ze de indruk dat Titus het een andere kant op wilde duwen, dat hij hun gesprekken intiemer wilde maken. Dan begon hij over het gezin waar hij uit kwam, zijn broers en zussen, zijn ouders. Een keer vertelde hij welke CDs hij draaide als hij 'van het bord lag' zoals hij het zelf noemde. De namen was ze vergeten, maar het idee dat Titus ook wel eens down op zijn kamer zat was nieuw. Blijkbaar konden dat soort eeuwig lachende jongens ook zomaar wegzinken in een droevige bui.

Laura zuchtte. Vanuit het raam van het lokaal Nederlands kon ze een hoek van het schoolplein zien, maar daar was geen kip te bekennen. De stem van Van Baal drong vaag tot haar door. Hij gaf hen tips voor hun boekenlijst. Moderne schrijvers, daar had hij het over. Als hij maar niet weer ging voorlezen. Zelf vond hij dat hij dat vreselijk goed kon, dat hoorde je aan zijn stem, aan de manier waarop hij iets zachts, gevoeligs in die kraakstem probeerde te leggen. Ja hoor, daar gingen ze weer. Hij viste een dik boek van zijn tafel.

'Ga er maar eens lekker voor zitten. Dit fragment is uit een boek van Oek de Jong, *Hokwerda's kind*, een prachtig verhaal waarin alle facetten van leven en liefde aan bod komen. Ik dacht dat dat jullie wel zou aanspreken.'

Nee hè, niet één of andere seksscène. Wel dus. Laura keek strak uit het raam. Kon ze haar oren niet dichtstoppen? Van Baal dacht dat ze alleen maar lazen als het over seks ging. En àls dat al zo was, dan werd de zaak echt niet aantrekkelijker als híj het voorlas. Vreselijk toch om een sappige bedscène te horen voordragen door zo'n kleffe, zweterige, onappetijtelijke, oude vent. Getverdemme. Dat soort kerels moest zich beperken tot droge verhalen over boekhouders, die in duistere kamertjes achter afgebladderde bureaus stapels correspondentie moeten afwerken, vol verlangen kluivend aan hun pen en dromend van een beter leven. Ze zou nog luisteren ook, echt waar, vooral naar die dromen. Maar nu? Zoals die vent bijna verdronk in zijn speeksel bij het voorlezen van al dat gestreel en gelik. Waarom bespaarde hij het zichzelf ook niet? Ze hadden allemaal leren lezen in groep drie. De klas smakte, slurpte en sliste luid mee met elke zin, als een lachmachine bij een Amerikaanse comedy. Van Baal las onverstoorbaar verder.

Laura zag dat Cas en Marit elkaar nadrukkelijk aankeken. Iets uit de tekst herinnerde ze ergens aan, dat moest het zijn. Want Cas en Marit deden het met elkaar, dat wist de hele klas.

Opeens zag Laura dat Titus een gekke bek naar haar trok, die gespeelde verbazing en shock moesten uitdrukken. Laura grimaste mee. Ze begonnen een conversatie in gebaren, die al gauw door meer mensen opgepikt werd. Titus zwaaide met zijn hand naast zijn oor alsof hij een lekker taartje aanprees, Laura stak haar tong uit, waarop Titus zo scheel keek als maar mogelijk was en vet met zijn tongpunt over zijn bovenlip wreef. Laura schoot in de lach.

Nu keek Van Baal op uit het boek. Hij schoof zijn brilletje naar zijn neuspunt.

'Worden we hier zenuwachtig van, mevrouw Lakmaker?'

'Nee sorry,' zei Laura met een onderdrukte lach.

'Je mag ook wel naast Titus gaan zitten,' ging van Baal verder. 'Kunnen jullie handjes vasthouden.'

Laura schudde haar hoofd en keek voor zich op tafel.

'Verliefdheid is een mooi ding. Ik zie zoiets graag opbloeien in mijn klas.'

Jee zeg, wat kon die vent vervelend doen. Vanuit haar ooghoeken zag Laura dat Titus recht was gaan zitten. Hij keek Van Baal aan.

'Titus, wil jij misschien verder lezen?'

'Nee, dank u meneer. Mijn voordracht is niet zo goed.'

'Een goede reden om eens wat te oefenen?'

'Ti-tus, Titus,' begon iemand vanuit een hoek van de klas. Het werd al gauw overgenomen. 'Titus! Titus!'

'Je hebt fans,' zei Van Baal.

Titus schudde zijn hoofd, boog naar zijn fanclub, maar bleef vrolijk lachend zitten.

'Mooi, kan ik dan nu verder gaan?'

'Aaaa,' loeide het koor dat Titus voor de klas had willen hebben.

Van Baal boog zich weer over het boek. 'Henri ontkleedde zich. Zwiepend kwam zijn stengel te voorschijn,' klonk zijn lispelende stem. 'Lin keek hoe hij in haar kwam.'

Jeetje, die man was echt niet te houden!

Opvallend veel mensen liepen na de les langs de tafel van Van Baal. Hoe heette die schrijver ook alweer en wat was de titel van zijn boek? Ook Laura keerde het boek even om. Vluchtig las ze de flaptekst. Ze keek naar de recensie die Van Baal op zijn tafel had liggen met een foto van de schrijver erbij. Ook geen jonkie! In welk lang vervlogen tijdperk zou deze man die ervaringen hebben opgedaan? Of verzon hij dat allemaal bij elkaar, achter een afgebladderd bureautje, vol verlangen kluivend op zijn pen?

Tijdens het gegrinnik net in de les bij Van Baal was Koos erg stil geweest. Laura had het wel gezien, maar kon het bekkentrekken met Titus toch niet laten. Sinds wanneer was Koos zo bloedserieus? Of kwam dat door die fragmenten over de liefde?

Ze vond Koos of liever gezegd: Koos vond háár toen ze de wc's uitstapte. Laura kreeg de deur bijna tegen haar hoofd.

'Hé, zit je hier?'

'Ja!'

De onwennigheid in hun woorden ontging Laura niet. Ze deden allebei geweldig hun best om gewoon opgewekt te klinken, maar ze hoorden dat het anders was de laatste tijd en dat wisten ze van elkaar.

Vaak begonnen ze tegelijkertijd te spreken en verontschuldigden zich dan haastig.

'Wat wou je zeggen?'

'Nee, ga jij maar.'

'Nee, jij was eerst.'

'Nee, volgens mij...'

Veel te langdradig, veel te beleefd voor vriendinnen die elkaar al zo lang kenden.

Een andere keer bleef een opmerking heel raar in de lucht hangen. 'Ik dacht dat jij wel....' Een opmerking die opgevat had kunnen worden als een verwijt, maar vast en zeker niet zo bedoeld was. De oude vertrouwdheid waarmee zo'n misverstand altijd onmiddellijk lachend uit de weg geruimd werd, was weg. Daarvoor in de plaats was er nu een onhandig stamelen, dat dít bedoeld was en heus niet dát, gevolgd door een ongemakkelijk zwijgen.

Nu keek Koos Laura aan en vroeg haar of ze tijd had. Er was iets.

'Ja, tuurlijk.'

'Je hoeft niet naar huis of zo?'

'Nee.'

Het is uit met Milan, dacht Laura hoopvol. En meteen schaamde ze zich.

'Wou je ergens heen?' vroeg ze.

'Even naar het marktplein, theedrinken?'

'Goed.'

Ze pakten hun fietsen en reden zwijgend naar het plein. Jammer genoeg werd het terras altijd afgebroken in de herfst. Vandaag hadden ze makkelijk buiten kunnen zitten. Koos liep de snackbar binnen, keek even rond en liep naar een plekje aan het raam.

'Ik moet je iets vertellen. Wil je het allemaal nog wel horen? Zo'n goeie vriendin ben ik niet geweest tenslotte, de laatste maanden.'

Met rode konen keek ze Laura aan. Er wàs echt iets.

'Ik moet het aan iemand vertellen,' zei Koos. 'Anders klap ik uit elkaar.'

In Laura's haar begon iets te prikken.

'Vertel,' zei ze.

'Ik ben met hem naar bed geweest,' begon Koos op fluistertoon. Ze keek rond alsof ze bang was dat er iemand meeluisterde.

Laura staarde haar vriendin aan. Naar bed geweest met hem. Deze mededeling baande zich met moeite een weg door haar hersenen, zocht wanhopig naar de afdeling betekenissen. Naar bed geweest. Voor háár waren dat woorden die bij de toekomst hoorden, haar voorland op zijn hoogst, niet de werkelijkheid.

'Echt?' vroeg Laura. Dat klonk echt dom, ronduit onnozel.

'Ja, gisteren.'

In Laura's hoofd bonkte en kolkte het. Natuurlijk, ze ging zo vragen hoe het was geweest, waar het gebeurd was, hoe, hoe lang, hoe vaak, wat dan ook, maar ze kon het gewoon nog even niet plaatsen. Ze kon het zich niet voorstellen: zij had nu dus een vriendin die het al een keer gedaan had! Die wist hoe het was! Net als Marit, maar aan dat idee was Laura al gewend. Het was toch anders als je beste vriendin voor het eerst... Een echte vrouw was Koos nu. En meteen was ze bang dat ze verkeerde dingen zou zeggen, domme vragen zou stellen. Want zij wist van niks, een onervaren kuiken was ze. Het onzichtbare muurtje tussen hen in was in één klap uitgegroeid tot een muur.

'Hoe was het?' vroeg ze.

'We waren bij hem thuis, alleen.'

Die toevoeging leek Laura overbodig. Natuurlijk waren ze alleen. Wie had er behoefte aan publiek bij het vrijen?

'We waren het al van plan. We hadden het er een paar keer over gehad.'

Van plan. Dat verbaasde Laura. Zij had altijd begrepen, dat zoiets je overkwam. Dat het over je heen spoelde als een warme golf en dan gebeurde het, je gaf je eraan over en dan was het geweldig. Maar je kon het dus ook plannen.

'We moesten natuurlijk spullen kopen, condooms en zo.'

Condooms en zo? Wat 'en zo'? Daar had je het al: zij wist

letterlijk niks. Maar ze kwam er heus wel achter, daar zorgde ze wel voor. Ze moest wel nu ze een vriendin had die 'van wanten' wist. Zo noemde Maarten het altijd, Nicolet had het over 'de hoed en de rand.'

'Daar had Milan voor gezorgd.'

Wat? Milan? Wist die waar je 'spullen' moest kopen? Condooms en zo?

Ze had uit de verhalen in de *Fancy* en uit beschrijvingen in al die nuttige boeken van Van Baal wel begrepen dat je 'het' op een avond vaker dan een keer kon doen. Maar dat ongebreidelde meervoud suggereerde op de één of andere manier nog meer: niet gewoon twee keer of zoiets, maar drie of vier keer. En wat was dan één keer? Waar begon en eindigde een keer en hoe wist je wanneer er een nieuwe begon? Moest er dan telkens een nieuwe condoom om? Zij wist echt niks en ze durfde het ook niet te vragen.

'Ik was wel een beetje zenuwachtig, hoor.'

'Hij niet?'

'Nee, want het was voor hem niet de eerste keer.'

Hè? Soms moest je oppassen dat je mond niet spontaan een halve meter open zakte, dacht Laura. Voor hem niet de eerste keer? Dat zou je toch ook niet denken? Hoeveel meisjes waren er dan al voor hem gevallen? Dan lag het zeker toch aan haar dat zij dat bijzondere van Milan niet zag.

'We waren al best ver gegaan natuurlijk, maar hij zei dat je elkaar pas echt leert kennen als je helemaal tot het einde gaat.'

'En?'

Koos keek Laura niet begrijpend aan.

'Was dat ook zo?'

'Nou ja, het was...'

Koos haalde hulpeloos haar schouders op. Woorden schoten tekort, begreep Laura.

'Heel anders dan ik had gedacht eigenlijk.'

'Anders?'

'Nou, vooral veel minder romantisch.'

'Mínder?'

'Ja, het deed gewoon zeer en ik dacht de hele tijd maar dat ik het niet goed deed.'

Niet goed deed, echoode het in Laura's hoofd. Je kon het dus ook 'niet goed' doen. Maar wat dan in godsnaam?

'Zei híj dat?'

'Nou ja, zoiets. Hij was vooral zo bezig met het hele gebeuren en 'hoe het ging'. En ook wel of het voor mij fijn was, hoor, maar... Net alsof het een soort wedstrijd was, die we tot een goed einde moesten brengen. Ik had het me gewoon heel anders voorgesteld.'

'Meer vanzelf?'

'Ja! Misschien heb ik teveel films in mijn hoofd, maar ik dacht dat het liefdevoller zou zijn. Als ik met hem zoen is het heel fijn en ik dacht dat het meer zó zou zijn en dan heviger. Maar misschien komt dat vanzelf als we het vaker doen.'

Laura knikte. Ze dacht terug aan haar grapje tegen Milan in de kroeg, een paar weken terug. Dit waren nou de intieme details waar ze het over had gehad, precies de details waar Milan bang voor was. Het schiep een band tussen Koos en haar, dat was duidelijk. En, hoe negatiever de details, hoe sterker de band? Maar je mocht er dus geen grappen over maken, dat was het. Zeker niet met het slachtoffer erbij.

'Het was wel bijzonder, hoor,' besloot Koos. 'Je komt in een heel andere sfeer. Gisteren was het niet te harden thuis. Ik wou zo graag naar hem toe, maar dat kon niet, want hij moest iets met zijn ouders. We hebben wel de hele tijd gebeld natuurlijk, maar dat is toch anders. Zijn moeder kreeg op een gegeven moment wel argwaan van dat gebel. En vandaag... nou, dat was zo raar! Moet je opeens gewoon naar school en dan die kale, stenen gangen en al die mensen om je heen en die leraren...

'Van Baal sloot dan wel aan voor jou.'

'Ja!' zei Koos. 'Hoewel dat ook wel weer vreemd was. Zo'n verhaal in de klas, op school. Het is toch een heel andere sfeer.'

'En uit zijn mond is het ook niet echt prettig,' zei Laura.

'Vind je?'

'Ja, zo'n ouwe vent!'

'Hij is gewoon de leraar Nederlands.'

'Je kan je toch niet voorstellen dat hij het zelf doet.'

'Nee,' zei Koos peinzend. 'Maar dat kan ik me van geen een van die lijken voorstellen. Wat dacht je van Slob?'

'Gatver!'

'Of Fleur!'

'Fleur?'

'Ja, die koe van handenarbeid.'

'Fleur met Slob!'

'Er moet een nog smeriger combinatie zijn.'

'Slob blijft zonder meer staan. Moet je je voorstellen dat je met zo'n vent moet zoenen.'

'Bah!'

'Slob met Landoet! Die kan nog altijd ruitenwissers op d'r brilletje laten monteren als Slobbie al te enthousiast wordt.'

Koos schaterde. Opeens sloeg ze een hand voor haar mond.

'We moeten wat zachter praten. Er zitten allerlei mensen naar ons te kijken.'

Laura speurde rond.

'Niemand van school toch?'

'Jawel, daar achterin. Daar zitten volgens mij een paar brugpiepertjes.'

'Die zijn ongevaarlijk, die begrijpen niet eens waar het over gaat.'

'Nee,' zei Laura. 'Die weten nog helemaal niks.'

Herfstplan

'Wil jij Flo even naar school brengen? Ik heb zo'n hoofd-pijn.'

Laura krabbelde overeind in haar bed en steunde op haar ellebogen. Nicolet stond met een vertrokken gezicht en licht toegeknepen ogen in de deuropening.

'Hoe laat moet ze er zijn?'

'Over een half uur. Ze hebben herfstfeest.'

'Oké,' zei Laura terwijl ze de dekens van zich af schopte. Liever had ze zich nog even omgedraaid op deze eerste vakantiedag, maar Nicolet zag echt grauw.

'Dan kopen we je cadeau morgen, goed?' Nicolet wachtte het antwoord niet af en draaide zich alweer om. Ze had het over het fototoestel dat ze vandaag zouden uitzoeken voor Laura's verjaardag, lekker op hun gemak, nu zij al vrij was en Flo nog naar school moest.

Snel schoot Laura in een spijkerbroek, spoot even met de deo en trok een shirt uit de kast.

Met een boterham in de hand liep ze even later naast Flo.

'We hebben een herfsttafel,' vertelde Flo, terwijl ze een kastanje uit de goot viste.

'Beh, een worm.' Met een vies gezicht smeet ze het ding weer terug op straat.

'Wormen horen ook bij de natuur,' zei Laura. 'Die vind ik wel behoorlijk herfstig. Of spinnen, dat is ook een goed idee. Zullen we een lekkere, vette spin vangen voor de juf?'

'Nee,' gilde Flo. 'Het mag niet kunnen lopen, want dan kruipt het van de herfsttafel af.'

'Jullie willen een stille herfst.'

'Ja, we hebben paddestoelen en blaadjes en takjes en...'
Op het schoolplein kwamen er meteen kinderen bij hen lopen. Ze lieten zien welke schatten ze meegenomen hadden uit het park en van het plein. Laura bewonderde alles uitgebreid en liet zich door het groepje voortduwen de gang door en uiteindelijk de klas in.

'Kijk hier,' riep Flo. Ze pakte Laura's hand en trok, want Laura was toch wel mooi haar zus en die wilde ze nu even voor zichzelf. De juf had zich helemaal uitgeleefd: de muren van het lokaal waren behangen met kleurrijke posters en tekeningen van de kinderen. In een hoek stond een boom van papier-maché met wiebelige blaadjes eraan, die zo te zien door de kinderen zelf waren geknipt en geverfd. Op de herfsttafel stonden en zaten kabouters met vilten mutsjes. Net wilde Laura opmerken dat die vrolijke mannetjes 's nachts vast door de school zwierven, toen ze een stemmetje achter zich hoorde: 'Laura!' Het was Maartje. En vrijwel meteen daarna landde een hand op haar bovenarm. Peer! Er ging een schok door haar heen. Hoe durfde hij? Na die laatste opmerking in het café, had ze voor haar gevoel heel duidelijk laten merken dat ze niets meer met hem te maken wilde hebben. Vorige week nog vroeg Lia haar om op te passen; ze had gedaan alsof ze niet kon. Maar er kwam een moment waarop ze iets anders tegen Lia moest zeggen. Wat dan ook. Tot haar verbazing leek Peer zich daar totaal geen zorgen over te maken. Terwijl hij niet alleen thuis problemen kon krijgen, maar ook op zijn werk. Hij was advocaat! Een aanklacht wegens aanranding zou zijn carrière niet vooruit helpen. Die zorgeloosheid ergerde haar. Dat vaste vertrouwen dat zij toch wel haar mond zou houden.

Ze trok met haar schouder tot de hand verdween en boog zich overdreven aandachtig over Maartje.

'Hé, heb je ook wat moois bij je?'

Maartje hield een zakdoek tegen zich aangedrukt, die ze nu voorzichtig openvouwde. Een dode rups zat erin, een lichtgroene met een dik harig lijfje.

'Tjee, waar heb je die gevonden?'

'In de voortuin,' zei Peer.

Heb ik jou wat gevraagd, dacht Laura, maar ze zei niks. Ze bleef Maartje aankijken, totdat die het antwoord van Peer herhaalde. Dat hij vooral maar goed voelde dat hij lucht was.

Bij het weggaan hing Flo om haar hals.

'Kom je me ook weer halen?'

'Ja, hoe laat ook al weer?'

'Twaalf uur,' zei de juf, die nu vlak achter haar stond.

Toen Laura nog even zwaaide voor het raam, zag ze Peer op haar af komen. Nee hè!

'Laura? Laura, heb je even?'

'Nee,' zei ze. 'Dat heb ik niet.'

Peer schoot in de lach. Het klonk misschien ook wel een beetje kinderachtig, dat afgebeten 'nee' van haar alsof ze een bokkige kleuter was.

'Ik heb het gevoel dat het toch nog niet helemaal goed is tussen ons,' begon hij. 'Kan ik iets doen, iets zeggen, iets beloven, waardoor we het echt kunnen vergeten?'

Wat dacht die vent wel? Dat hij de zaak opnieuw kon lijmen met een leuk kletspraatje en een kopje koffie? Na dat hijgerige, kleffe gedoe in zijn auto had ze zich vies gevoeld, maar door zijn opmerking in het café was dat allemaal nog veel erger geworden. Alsof ze het stiekem toch wel fijn gevonden had, die opdringerige hand om haar borst, die vieze natte lippen op haar gezicht.

Nee, ze zou niet weten hoe hij het goed kon maken. Hij zou zich zelf eens zo vies moeten voelen, dan begreep hij het misschien.

'Ik zou het heel graag willen, Laura. Echt, ik vind het

vervelend. Kennelijk zeg ik de verkeerde dingen tegen je. Ik bedoelde het niet zo, maar...'

Laura begroef haar handen dieper in de zakken van haar jack.

'Weet je, de kinderen zullen je ook missen. Als ik eraan denk dat ik ze moet gaan vertellen dat ze een andere oppas krijgen... Dat wordt oorlog!'

Dat had je dan eerder moeten bedenken, dacht Laura. Maar opnieuw hield ze haar lippen op elkaar. Als zij terug praatte, ging hij ook door en dan wist ze wel hoe het eindigde, dan zou ze overstag gaan. Opeens kreeg ze zijn auto in het oog. Natuurlijk, stel je voor dat je dat kippeneindje op de fiets of lopend zou moeten afleggen. Zijn schoenzolen zouden eens mogen slijten.

'Een lift?' vroeg Peer.

Soms dacht je toch echt dat je oren geluiden opvingen die er niet waren. Zoiets geloofde je toch niet?

'Ik heb net helemaal nieuwe bekleding erin. Ik dacht dat je die misschien wel even wou bewonderen.' Hij gaf haar een knipoog.

Laura bevroor.

'Ach Laura, kom op. Mensen maken wel eens fouten,' zei Peer. Hij stapte op haar af en zou weer een hand op haar schouder hebben laten zakken als zij niet een stap opzij had gedaan. Hij snapte er echt niks van!

Opeens kon ze het niet meer uitstaan, dat simpele weg-wuiven van hem.

'Denken ze daar op je werk ook zo makkelijk over?' vroeg ze kribbig. 'Ook als ze weten dat je dit soort fouten maakt?' De uitdrukking op Peers gezicht veranderde op slag. Ze zag hem bang worden en dat deed haar goed. Ze was echt niet van plan iets op Peers kantoor te vertellen. Maar het kon geen kwaad als hij zich dat eens indacht. Als hij daar even, al was het maar even, bang voor was. Dan had hij tenminste ook eens last van wat hij gedaan had. Die angst gunde ze hem van harte.

'Da-ag,' zei ze, terwijl ze snel doorliep.

's Middags wilde Flo foto's kijken.

Nicolet lag op bed met de gordijnen dicht. Die zou zich niet zo gauw laten zien.

Dat was voor Flo de ideale situatie: ongestoord met zijn tweeën door hun hele leven heen. Te beginnen bij het trouwalbum. Wat ze daar toch altijd mee moest? Flo boog zich graag heel diep over deze inmiddels al te bekende plaatjes. Die lachende jonge familieleden met foute kapsels en rare kleren, die toen ongetwijfeld supermodern waren. Ooms en tantes die je in de verte nog herkende. Opa en oma, trots naast elkaar. En dan Maarten en Nicolet. Maarten had altijd een beetje lacherig gedaan over deze reportage. Hij vond dat trouwen eigenlijk onzin en als het dan ergens goed voor was, dan toch liever gewoon met z'n tweeën. Niet met al die poppenkast erbij. Maar Nicolet had haar zin gekregen: een dag met familie en vrienden en een 'knalfeest' 's avonds. Eén ding moest je toegeven: als je de foto's zag, kon je niet vermoeden dat Maarten er tegen zijn zin tussen stond. Hij had geweldig zijn best gedaan, keek gepast vrolijk en zelfs van tijd tot tijd verliefd. Dat waren de plaatjes die Flo het mooist vond. Als een kleine onderzoeker boog ze zich eroverheen en tuurde.

'Als je trouwt, ben je verliefd,' zei ze.

Zoals ze bij foto's uit latere albums droog vaststelde dat het 'hier' al wat minder was. Ze zocht naar het keerpunt, het moment waarop het opeens over was. Zo kon Flo soms peinzend terugbladeren, ervan overtuigd dat ze het gemist had, om dan toch weer bij een foto uit te komen waarop de gezichten strak of uitdrukkingsloos waren. Ze legde er nadenkend haar vinger op. Kip, ik heb je. Laura verdacht haar ervan die foto's los te willen peuteren van het papier om ze stiekem weg te gooien. Alsof dat de boosdoeners waren. Als die momenten er niet waren geweest, als die niet waren vastgelegd...

Flo's geboorte was ook een geliefd onderwerp. Ze aaide haar geboortekaartje, met het truttige, piepkleine roze strikje in de hoek. Daarnaast Nicolet in het kraambed. Ook Laura zat nu te kijken of er toen al iets op het gezicht van hun ouders te lezen stond. Was Nicolet wel echt blij? Opeens zag ze iets, wat ze nooit eerder gezien had: op het kastje naast Nicolets bed stond een glas met daarin een klein trosje van één van de rododendrons. Dat moest door Maarten neergezet zijn. Laura slikte. Dat was toch wel weer gevoelig van hem. Dat ze dat nu pas zag! Dat kwam natuurlijk door haar verdwaaltocht van een maand geleden. Ze boog zich voorover om nog eens goed te kijken.

'Wat zie je?' vroeg Flo.

'Ik kijk naar dat takje.'

'Takje?' vroeg Flo op beledigde toon. 'Dat is mijn geboortebloem!'

'Hoe weet je dat?'

'Van mama. Die bloem heeft papa gekocht toen ik geboren werd. Waar is-t-ie nu?'

'Dat weet je best.'

'Bij het oude huis, hè?'

Flo bladerde verder. Kerstmis kwam voorbij en oudjaar. Hun laatste oudjaar als gezin, dacht Laura. Pff, als ze toen geweten had wat haar boven het hoofd hing. Gelukkig nieuwjaar, Laura! En opeens knalde er een vraag door haar kop ongeveer zoals de kurk van de champagne zo duidelijk net geknald had op die foto. Wist Maarten toen al wat hij boven hun hoofd ging hangen? Dat hij er een heel bijzonder jaar van zou maken? Hij zat daar vrolijk te lachen, die avond, om de cabaretier op de tv, allengs meer dronken te worden, hij omhelsde hen allemaal nadat de klok twaalf had geslagen. Gelukkig nieuwjaar, jongens. Maar vanuit zijn achterzak klonk het tikken van een andere tijdklok, dat alleen hij kon horen. Tik, tik, tik. Hoe voelde je je dan? Als een zelfmoordterrorist tussen argeloos pratende mensen bij de bushalte? Hoe anders? Dat hij dat kon... Kende hij Kaat toen al? Had hij toen al dat kartonnetje in zijn overhemdzakje? Ja, bijna had ze zich voorover gebogen, precies als Flo, om dat te controleren. Gelukkig nieuwjaar allemaal. Tik, tik, tik.

Laura stond op en ging voor het raam staan. Ze keek naar de tuin, naar de omgewoelde aarde, waar Flo bij thuiskomst een kastanje had gepoot. Ze wilde een kastanjeboom voor zichzelf.

Bij gebrek aan geboortebloem? Laura rilde. Kwam dat door de ontmoeting met Peer? Of kwam het door dat leven in foto's, dat zojuist aan haar voorbijgetrokken was. Foto's verdrongen je eigen herinneringen, daar was ze van overtuigd. Op het laatst herinnerde je je niks meer echt, dan waren de bewegende beelden van vroeger bewegende foto's. Telkens dezelfde. Nicolet in het kraambed met dat vrolijke, beloftevolle trosje op haar nachtkastje. Over een tijdje zou ze denken dat ze zich dat roze trosje herinnerde, dat ze de geur nog kon ruiken.

En opeens kreeg Laura een idee. Opeens wist ze precies wat Peer voor haar kon doen. Natuurlijk! Wat een prima plan! Echt een karweitje voor hem. Hij zou er behoorlijk vies van worden, maar hij zou het zeker doen! Hij wilde het toch goedmaken? Alles goedmaken? Dat kon. Ze zou hem straks bellen.

Zand erover

Peer lachte onzeker aan de telefoon.
'Wat doe je geheimzinnig?' zei hij.
'Ik heb iets bedacht,' zei Laura. 'Daar kun je het helemaal goed mee maken.'
'Maar wat eh... wat is het?'
'Dat kan ik niet van tevoren zeggen. In de eerste plaats moet het op een avond, laat, want het moet donker zijn.'
'Oh?'
'En je moet met de auto komen en als ik jou was zou ik maar een zeiltje meenemen, vanwege je nieuwe bekleding.'
Opnieuw klonk er een zenuwachtige lach.
'Je maakt me wel erg nieuwsgierig, Laura.'
Wat zou die gek denken?
'Moet ik me erop kleden?'
'Mmm, ik zou niet mijn duurste pak aandoen.'
'Oh.'
'Wanneer kun je?' vroeg Laura.
'Wanneer je maar wilt.'
Laura dacht na.
'Maandagavond?'
'Oké.'
Tevreden hing ze op. Dat was de avond voor haar verjaardag. Het zou een mooi verjaarscadeau worden.

Ze hadden afgesproken op de hoek van haar straat. Toen ze Peer door de voorruit heen zag zitten, kon Laura een grijns niet onderdrukken. Hij had dus totaal niet naar haar geluisterd en zich uitgedost in dan misschien wel niet zijn nieuwste pak, maar toch iets modieus'. Jammer dat Koos haar nu niet kon zien.

'Ha Laura!' begroette hij haar. Galant hield hij het portier voor haar open, terwijl hij naar de tas keek, die ze bij zich had. Het was inderdaad niet het gebruikelijke formaat damestas, er zat beslist meer in dan wat make-up en een zakdoek.

Laura rook het meteen. Op zijn blozende kaken had hij minstens een halve fles aftershave gesmeerd. Dat geurtje zou hij nog wel nodig hebben.

Op aanwijzing van Laura stuurde Peer de auto gewillig richting duinen.

'Dit wordt wel heel spannend,' zei Peer.

'Jammer dat het weer niet helemaal meedoet,' antwoordde Laura. Fijne regen maakte mini-spatjes op de voorruit.

Bij de Blauwe Kruisweg liet ze Peer links afslaan.

'Gaan we naar het maanlicht kijken?' vroeg hij. Nu hoorde Laura toch een lichte bezorgdheid in zijn stem.

Ze reden voorbij het huis van Lotte. Laura had de neiging even te bukken. Stel je voor dat ze gezien werd met hem, hier op dit tijdstip. Maar bij Lotte thuis brandde geen licht. De familie Quint was uit.

'Langzamer nu,' zei Laura.

'Hier stoppen?' vroeg Peer verbaasd.

'Ja hier,' zei Laura toen ze aan de kop van de Duinweg stonden, voor het hek van haar oude huis.

Peer parkeerde de auto voor het huis van Laura's oude buren. Bedachtzaam zette hij de motor af.

'Er is een klusje dat ik je wil vragen voor mij te doen,' begon Laura.

'Een klusje?' Peers gezicht betrok.

'Ja, het is een beetje riskant, hoewel...' Laura tuurde naar de nieuwe gordijnen van haar oude huis. Ze waren goed

gesloten, maar er scheen een zwak lampje achter, wat
betekende dat er waarschijnlijk wel iemand thuis was.
'Ik laat het je zien.' Laura opende het portier aan haar
kant. Het was iets harder gaan regenen. Het leek alsof er
een soort vochtig waas in de lucht hing, die meteen aan
haar gezicht en kleren plakte.
    Laura legde een vinger op haar lippen en ging Peer voor,
de tuin in. Met een vragend gezicht volgde hij haar. Bij de
rododendronstruiken bleef ze staan en opende haar tas. Ze
haalde er een schep van Flo uit.
    'Die twee wil ik,' fluisterde ze.
    'Hè? Wat bedoel je?!'
    'Die twee moeten eruit.'
    'Dat kan niet!'
    'Ja hoor, het moet!'
    'Laura, ik kan geen planten uit een tuin gaan jatten! Ik
ben advo...' Hij zweeg abrupt alsof hem opeens weer te
binnen schoot, dat Laura maar al te goed wist dat hij advocaat was.
    'Het is ook geen jatten,' zei Laura, nog steeds heel zacht.
'Ze zijn eigenlijk van mij. Mijn moeder is vergeten ze mee
te nemen.'
    'Ja da-ag,' zei Peer. 'Daarom staan we hier zeker zo in het
donker te fluisteren!'
    'Het is terughalen van eigendom,' zei Laura. 'Begin nou
maar, want ik word kleddernat hier.'
    Peer keek van de struiken naar Laura en naar het schep-
je in haar hand.
    'Het kan echt niet, Laura!'
    'Wat is er simpeler dan even twee plantjes uitgraven?
Hoe langer je hier staat te praten, hoe groter de kans dat ze
naar buiten komen,' zei Laura. 'Ik dacht dat je iets goed
wou maken, zodat ik óók alles kon vergeten.'
    'Dat wil ik ook,' zei Peer met een gejaagde blik in zijn

ogen. Hij vloekte zacht toen hij het schepje van Laura overnam.

Tien minuten later stonden beide struiken onwennig bovenop de grond, waarin ze vijf jaar geleden wortel hadden mogen schieten. Peers gezicht was nat van het zweet, dat was zelfs in het gelige licht van de buitenlantaarn nog goed te zien. Dat gezicht zat ook onder de zwarte strepen, zijn handen niet. Die waren gewoon pikzwart, net als de pijpen van zijn broek. Nou ja, vooral de onderste stukken.

'En nu? Meenemen zeker?'

Laura knikte.

'Dan gaan ze wel helemaal kapot, want die passen nooit in mijn bak.'

'Daarom moeten ze ook niet in de bak,' zei Laura. 'Zet ze maar op de achterbank.'

'De achterbank? Ben je helemaal gek? Ik heb net nieuwe bekleding!'

'Daar was dat zeiltje voor.'

Peer liet een chagrijnig gegrom horen.

Laura nam één van de struiken mee tot aan het hek. Ze hield hem een stuk bij zich vandaan, want haar jas was nog smetteloos en dat moest vooral zo blijven.

Met nijdige gebaren schikte Peer het zeiltje op zijn achterbank. Toen nam hij de grootste struik en duwde hem met de kluit naar voren de auto in. Daarna pakte hij de tweede van Laura aan en zette hem ernaast.

'En nu?' vroeg hij met een gezicht, waarop de ingehouden woede goed te lezen was.

'Nu gaan we ze ergens planten,' zei Laura.

'Bij jou thuis zeker?'

'Nee, ergens anders. Ik zeg het wel. Rij eerst maar richting station.'

'Ik pieker er niet over,' zei Peer. Bijna had hij zijn armen over elkaar gevouwen, maar hij bedacht zich nog net op tijd.

'Ik breng je nu naar huis met die planten en dat is het. Je bekijkt het maar.'

'Dan heb je het nog maar half goed gemaakt,' zei Laura.

'Wat bedoel je? Dat ik dan nog half schuldig blijf?'

Peer keek nu ronduit vuil. Dacht hij echt dat zij anders op zijn kantoor...

Met een kwaaie kop schoof hij achter het stuur en snauwde: 'Waarheen?'

Ze moesten even zoeken, want Laura deed deze route nooit per auto. Maar al gauw kreeg ze de bushalte in het oog en van daaraf kende ze de weg perfect.

'Hier naar links,' zei ze, 'en dan weer naar links.'

'Mag ik even weten bij wie we dit cadeau gaan afleveren? En ook of de gelukkige daarvan afweet?'

Oe, die Peer kon pissig klinken. Anders dan in De Fuik en heel anders dan in de auto, bij het wegbrengen na een oppasavondje.

'Nee, degene voor wie ze bestemd zijn zit in Praag. Je kunt ze daar rustig in de grond stoppen.'

'Nou dat scheelt.'

'Het enige is dat je daar eerst twee andere struiken uit zal moeten graven. Die tuin staat zo knalvol, daar kunnen deze twee jongens niet bij.'

Peer wierp een blik opzij in een kennelijk poging om te peilen of ze het meende. Zo neutraal mogelijk keek Laura terug. Natuurlijk meende ze het!

Voor het huis van Maarten volgde een vergelijkbaar ritueel, alleen in ongekeerde richting. Nu moesten de struiken uit de auto en dat bleek heel wat lastiger. Het zeiltje kon niet voorkomen dat er hier en daar een kluitje aarde op de splinternieuwe bekleding terechtkwam.

De regen was inmiddels wat minder geworden, maar nog steeds goed voelbaar.

Opnieuw liep Laura voor Peer uit om hem de plek te wijzen die zij vorige week zondag zo zorgvuldig had uitgekozen: vlakbij het voorraam. Dan kon Maarten ze meteen zien als hij wakker werd. Hij zou ze kunnen groeten elke dag, voordat hij aan zijn ontbijtje begon.

De twee roze struiken die daar nu stonden, zouden afscheid moeten nemen.

'Die twee eruit,' zei Laura. 'En dan natuurlijk...'

'Die twee erin,' grauwde Peer.

Ook nu deed hij het snel en vaardig. Je kon wel merken dat hij zelf ook een tuin had en dat hij daar geregeld in werkte. Of hielp. Want of Lia ook dáár het leeuwendeel deed, dat wist je tenslotte maar nooit.

Behulpzaam bracht Laura de overgeschoten planten alvast naar de auto. Het was haar gelukt om zelf zonder veegje of spatje uit de strijd te komen.

Uit haar tas haalde ze een oude doek, waaraan ze haar handen afveegde. Vanaf de stoep keek ze naar Maartens huis. Het stond er rustig bij, nietsvermoedend. Zou het een huis iets kunnen schelen wat er om haar heen gebeurde? Of het roze of rode struiken waren, die haar voeten kriebelden? En Laura keek naar Peer, die al één rododendron in de grond gewerkt had en juist aan de tweede zou beginnen. Hij kwam even overeind en rechtte zijn rug op een manier die verried dat die rug pijn deed.

Heerlijk om Peer zo te zien ploeteren. Heerlijk om te zien hoe hij viezer en viezer werd. Dat ze dit gedurfd had! Dat het gelukt was!

Op dat moment ging de huisdeur van de buren open.

De buurvrouw kwam naar buiten, haar tuin in en keek meteen naar de plaats des onheils.

'Wat doet u daar?' vroeg ze schril.

Peer schrok op. Gek, het leek echt of hij even van de grond loskwam, maar dat was vast verbeelding.

'Ik eh...' Verstijfd van schrik bleef hij de buurvrouw aangapen.

'Als u die plant niet als de bliksem terugzet, bel ik de politie,' schreeuwde de vrouw.

'Ja, ja,' zei Peer. Hij wijdde zich ogenblikkelijk weer aan zijn taak, terwijl de buurvrouw strak toekeek.

'Het is weer in orde,' mompelde hij toen de tweede rododendron erin stond en holde zo ongeveer terug naar het hek.

'Laat ik u hier nooit meer zien!' riep de buurvrouw, wat volstrekt overbodig leek. Zo te zien wilde Peer maar één ding: in de auto springen en wegscheuren.

Laura had er wel voor gezorgd dat zij al weer keurig op de voorbank zat te wachten. De nieuwe passagiers op de achterbank waren nog iets groter dan de vorige. Ze kriebelden gezellig in haar nek.

Toen Peer de auto uit de parkeerhaven draaide, stond de buurvrouw op de stoep te kijken. Zag ze de wuivende takken tegen de achterruit? Leek het maar zo of bestudeerde ze echt de nummerplaat?

'Dat mens is wel eens op ons kantoor geweest!' siste Peer. 'Straks heeft ze me herkend.'

'Je ziet er wel heel anders uit dan achter je bureau,' zei Laura.

Ze zoog op haar lip. 'Nu nog even deze plantjes terugzetten.'

'Wààt?'

'Anders heeft die andere mevrouw zo'n gat. Maar dat is dan echt het laatste. Dan heb je het helemaal goed gemaakt. Zand erover.'

Vriendinnen

108 | De volgende morgen werd Laura met een blij gevoel wakker. Niet alleen omdat ze jarig was of omdat ze van beneden vrolijke stemmen hoorde van Nicolet en Flo. Die twee waren een feestontbijt aan het maken, dat kon niet anders. Nee, het was de gedachte aan gisteravond die haar hardop deed giechelen. Die Peer in zijn nette pak. Bij iedere dip die ze de komende tijd zou krijgen, hoefde ze maar 'rododendron!' te denken en ze zou weer stralen. Nu hoorde ze voetstappen op de trap, onhandige voetstappen van mensen met dienbladen in hun handen. Even later was er geschuifel en gefluister voor haar deur.

Beng, de deur werd opengeduwd. En daar stonden ze dan. 'Lang zal ze leven! Lang zal ze leven! Lang zal ze leven in de gloria!' Flo zong boven Nicolet uit.

'Dank je wel!' riep Laura. 'Wat zongen jullie dat goed zeg!'

Vol trots liet Flo haar dienblad voor Laura's neus zakken, zodat ze goed de versierde beschuiten kon bewonderen. Flo had er ware kunstwerken van gemaakt met jam en hagelslag.

'Zie je wat dat is?' vroeg ze, terwijl ze met een vinger middenin een klodder jam prikte.

'Nee?'

'Een hartje!'

'O ja, nou zie ik het. Kom eens hier, krijg je een kus.'

Flo tuitte gewillig haar lippen. Een kus was een echte kus voor Flo, niet op de wang, maar voluit op de mond.

'Ik heb ook een cadeau,' zei Flo. Ze keek om naar

Nicolet, die een rol papier uit een schoudertas viste. Flo had zich uitgeleefd met haar verfdoos én met kleurkrijtjes. De combinatie was adembenemend. Het hele vel stond vol roze en paarse harten, gele sterren en zilveren slingers.

'Hoe vind je het?'

'Prachtig! Jammer dat er boven mijn bed geen plekje meer is, maar ik vind wel wat.'

'En dit is er ook.' Nu kreeg Laura een doosje, een sieradendoosje met Indiase stof bekleed met allemaal kleine spiegeltjes.

Laura omhelsde Flo nog een keer.

'Heb je zelf uitgezocht zeker?'

Flo knikte en ging bij Laura op bed zitten. 'Nou mama.'

Nicolet feliciteerde haar zoals ze dat elk jaar deed: lief, maar ook een beetje plechtig.

Ze zei iets over 'weer een jaar erbij' en dat zestien 'een belangrijke mijlpaal' was.

Toen legde ze haar cadeau in Laura's schoot, het fototoestel, dat ze samen uitgezocht hadden. Voor Flo speelde Laura het spel nog even mee, ze deed verrast en begon enthousiast te roepen.

'Even kijken hoe hij ook alweer werkt en dan gaan jullie op de foto. Ja lachen maar vast!'

Een uur later ging de bel.

'Vroege verjaarsvisite,' mompelde Laura. Ze liep naar de deur. Koos!

'Hé! Gefeliciteerd!'

Koos omhelsde haar stevig. 'Hoe is het? Al helemaal jarig?'

'Ja,' zei Laura een beetje beduusd. 'Feestontbijt enzo, je kent het wel.'

'Was het maar waar! Daar moet je een klein zusje voor hebben.'

In de kamer feliciteerde Koos Nicolet en Flo.

'Kopje koffie?' stelde Nicolet voor.

Koos keek naar Laura.

'Een kopje hier. Gaan we daarna even de stad in, ja?'

'Prima.'

Het liefst was Laura meteen met Koos vertrokken, zodat ze haar verhaal van gisteravond kon vertellen, maar ze kon het niet maken tegenover Nicolet en Flo om er meteen vandoor te gaan op haar verjaardag. Wat zalig dat Koos was gekomen! Dat deed ze elk jaar, als Laura's verjaardag weer eens in de herfstvakantie viel, maar dit jaar had Laura er niet al te vast op gerekend.

Zou Milan soms op vakantie zijn?

'En jij hebt een vriend, begrijp ik?' vroeg Nicolet opeens aan Koos.

Laura kreeg een kleur. Nicolet vroeg het zo plompverloren, net alsof Laura het daar dag en nacht over had. Ze schaamde zich dood.

'Ja, Milan,' zei Koos. 'Hij is nu even geblesseerd.'

'Hoe dat zo?'

'Hij heeft iets raars gedaan met volleybal. Niet erg hoor, hij hinkt een beetje.'

Koos begon gauw over iets anders. Ze wilde graag weten wat Laura allemaal gekregen had en o jee nou zou ze bijna vergeten haar eigen cadeau te overhandigen.

Weer kreeg Laura twee dikke zoenen. DKNY.

Het was een cd van Ane Brun! Een half jaar geleden waren ze samen naar een optreden van haar geweest. Een half jaar geleden? Ja, Maarten was net vertrokken. En zij zat tijdens het concert geweldig haar best te doen om niet voortdurend aan Maarten te denken, maar te genieten van de muziek. Het was een rare avond geweest, eeuwen terug.

'Hé mooi! Ik ga hem even opzetten. Alleen het eerste nummer dan gaan we weg, oké?'

'Ik ga mee,' zei Flo.

'Niks daarvan,' zei Nicolet. 'Het wordt grotemeiden-praat, daar vind je toch niks aan.'

Flo was daar niet zo zeker van. Toen Laura en Koos uit-eindelijk op de fiets stapten, stond ze met haar allerzielig-ste gezicht voor het raam. Laura zwaaide, maar Flo zwaai-de niet terug.

In het koffiehuis was het niet erg druk. Laura keek als van-zelf even naar het tafeltje waaraan ze met Peer gezeten had. Toen had hij nog gedacht er met wat simpele excuses vanaf te komen.

Ze vonden een plekje aan het raam en zodra ze zaten begon Laura opgewonden te praten.

'Ik moet je eerst even wat vertellen. Weet je nog die vent, die Peer, die mij toen...

'Ja?' Koos keek gealarmeerd. Ze was duidelijk bang dat Laura weer iets doms gedaan had. Met Peer.

Maar al gauw begon Koos te grijnzen en niet lang daar-na lachte ze voluit.

'Heb je hem met zijn handen laten graven?' proestte ze.

'Nee, ik had wel een schepje bij me.'

'Een schepje?'

Laura knikte en liet met haar handen zien hoe groot.

'Nee! Heb je hem daarmee laten ploeteren?' Nu schoot Koos in een keiharde lach. 'Zal hij niet leuk gevonden heb-ben.'

Laura vertelde alles vanaf de regen tot en met de nieuwe bekleding. Ze vergat zelfs Maartens buurvrouw niet.

Telkens weer kwam het 'Nee!' van Koos en daarop de bevestiging van Laura en dan lagen ze weer dubbel.

'Jij bent echt gek,' zei Koos. 'Nou, die houdt voortaan zijn handjes wel thuis.' Ze veegde langs haar ogen.

'Het zit allemaal nog goed,' zei Laura na een korte inspectie.

Net toen Koos een slok van haar cola wou nemen, zwaaide ze naar iemand buiten, iemand die Laura niet kon zien omdat zij met haar rug naar het raam zat.

'Kiki,' zei Koos. 'Ze komt naar binnen.'

'Hé meiden, wat een toeval,' riep Kiki al vanaf de deurmat. 'Mag ik erbij komen zitten of is het intiem?'

'Ja en ja,' zei Koos. Even vroeg Laura zich af of Koos het juist fijn vond dat er iemand bij kwam. Gezelliger. Maar die gedachte wuifde ze meteen weer weg: ze hadden net nog heel erg gelachen.

'Lekker hè? Herfstvakantie,' zei Kiki.

'Noem het maar vakantie, met al die verslagen,' zuchtte Koos. 'Het verpest echt alles, de hele tijd zo'n zwaard van Damocles boven je hoofd.'

'Je hebt nog tijd zat,' zei Kiki. 'Hoe is het met de patiënt?'

Koos keek haar verbaasd aan.

'Hè? Hoe weet jij dat?'

'Ik speel toch ook bij Swift en wij hadden net een wedstrijd gehad, dus we gingen even bij de mannen kijken.'

'Oh, jij hebt het ongeluk zien gebeuren?' vroeg Koos met een geïrriteerde nadruk op het woord 'ongeluk'.

'Eh ja. Nou, hij sprong en hij kwam een beetje raar neer. Het klapte dubbel, denk ik.'

'Kon je dat zíen?'

'Nee, dat niet. Het zag er eigenlijk niet zo dramatisch uit. Dat werd het eigenlijk pas toen...'

'Toen?' vroeg Koos.

'Nou ja, toen hij eh...'

'Er een heel theater van maakte,' raadde Koos.

Kiki schoot in de lach.

'O, je kent hem al goed.'

'Nee echt? Heeft hij daar de boel bij elkaar staan schreeuwen?'

'Eh, ja.'

'Vertel.'

'Wil je het echt allemaal horen?'

'Ja, in detail. Ik moet hem toch leren kennen.'

Kiki wisselde een blik met Laura. Laura knikte. Losbranden maar, in geuren en kleuren graag! Ze genoot.

'Hij lag op een gegeven moment op de grond te kronkelen met zijn handen aan zijn enkel. En maar van: 'Au! Au!' En: 'Er moet ijs op! Ik moet ijs! Haal dan ijs!' Dus ik keek even om me heen of iemand anders misschien al een sprintje trok, want het leek mij niet nodig om met z'n zessen één ijszak te halen.'

'Nee,' zei Koos.

'Begint hij tegen mij uit te vallen van: 'Sta daar niet zo! Doe iets! Haal íjíjíjíjs!' Echt waar!'

Laura proestte het uit. Snel probeerde ze haar lach weer in te slikken, toen ze zag dat Koos een pijnlijk gezicht trok.

'Lach maar gerust,' zei Koos. 'Het is toch ook achterlijk. Ik schaam me dood.'

'Hoezo?' vroeg Kiki. 'Jij lag daar toch niet zo te kermen en te schelden?'

'Nee, maar ik heb toch liever dat hij normaal doet. En toen?' vroeg Koos.

'Dat is bij mij heel makkelijk. Als iemand zo tegen mij begint, gaat er meteen een knopje om. Het uitknopje namelijk. Dus toen is iemand anders gaan rennen.'

'Wat een vertoning,' zei Koos.

'Ja, wij zaten op de eerste rij. We kwamen voor een wedstrijd, maar dit was ook wel apart.'

'Ooh,' kreunde Koos.

'En nu?' vroeg Kiki. 'Hoe is het nu?'

'Hij zit in het ziekenhuis om foto's te laten maken.'

'Moest je niet mee?'

'Eigenlijk wel,' zei Koos. 'Om zijn handje vast te houden. Maar zijn moeder brengt hem met de auto, daar hoef ik niet naast te zitten. Bovendien had ik wel wat anders te doen. Ik ga toch niet de verjaardag van mijn beste vriendin overslaan?'

'Ben je vandáág jarig?' vroeg Kiki. Ze stond al, om Laura te omhelsen.

Laura voelde zich goed. Van binnen zong het. Kwam het door gisteravond? Die Peer onder de modder? Of door het ontbijt op bed, de onverwachte komst van Koos of dit gezellige mini-partijtje? Of misschien ook een beetje omdat ze voelde dat de kansen van Milan begonnen te keren? Wat een sukkel!

'Vier je het ook nog?' vroeg Kiki.

'Ja,' zei Laura. 'Zaterdag.' Dat bedacht ze nu ter plekke. Wat een goed idee, ze ging haar verjaardag echt vieren. 'Zaterdag in De Fuik. Kunnen jullie?'

'Natuurlijk!' riep Koos.

Veertiger

Flo nam de telefoon op en praatte meteen honderduit. Ze wilde alles weten over Praag. Of liever over het hotel in Praag. Of er tv was en een bad en zeepjes en of papa die wel meegenomen had. En of er een cadeautje was voor haar. Laura's hart was gaan bonken. Had hij al in de tuin gekeken? Had hij de komst van de rododendrons al opgemerkt? Had hij begrépen waarom ze het gedaan had?

'Wanneer krijg ik het? (...) Morgen?'

Flo draaide zich om naar Laura.

'Papa wil jou spreken.'

Laura merkte dat haar knieën trilden toen ze naar de telefoon liep.

'Ja-a.'

'Ha Laura.'

'Hoi.'

'Eh... Hoe is het?'

'Goed.'

Ze dacht er niet aan iets te vragen. Het enige waar ze aan kon denken was of hij erover zou beginnen, wanneer en hoe.

'Heb je nog een eh... leuke verjaardag gehad, verder?'

Hij had haar gebeld op de dag zelf 's middags om een uur of vier. Toen had zij staan stuntelen en hakkelen omdat zíj het al wist van de tuin, maar hij sprak vrolijk en vrijuit. Misschien een klein beetje schuldbewust omdat hij zo ver weg zat op haar verjaardag, maar dat was dan wel een héél klein beetje geweest. Hij was in elk geval ruimschoots in staat erover heen te praten.

'Ja-a.'

'Verder nog visite gehad?'

'Ja, de buren en nog wat mensen.'

Het was stil. Stonden ze allebei te wachten tot de ander het verlossende woord zou spreken?

'Kan het zijn dat je iets in mijn tuin veranderd hebt?'

Laura haalde diep adem. Niet trillen, niet bibberen nu.

'Ja,' zei ze en ondanks alles voelde ze zich opeens heel klein worden. Ze had de neiging een kleuterstemmetje op te zetten. Ja papa, nee papa. Was het heel gek wat ze had gedaan?

'Ik zou het wel prettig vinden je even te zien en te spreken,' ging Maarten door. 'Heb je tijd om straks te lunchen ergens?'

'Jawel,' zei Laura. Aan de ene kant was ze bang hem onder ogen te komen, maar aan de andere kant wilde ze het liefst zo gauw mogelijk tegenover Maarten zitten en praten. Ze wilde zien hoe hij eruitzag als hij over haar actie sprak, zíen of hij het begreep. Dan moest ze maar wat later gaan winkelen met Koos.

'Om een uur in De Roos? Red je dat?'

'Ja, dat is goed.'

Ze legde neer en terwijl ze probeerde te bedenken of ze nú haar haren ging wassen of vanavond pas, schetterde Flo: 'Wat is er? Jullie praatten zo raar. Net of er ruzie was ofzo.'

Zo gevoelig als Flo was voor stemmingen, dat was echt niet normaal!

'Geen ruzie,' zei Laura. 'Er is iets waar papa en ik over moeten praten en dat ga ik straks doen.'

'Krijg jij dan al je cadeautje?' vroeg Flo.

'Nee morgen, net als jij.'

Ze liep vlug de kamer uit naar boven voordat Flo verder kon vragen.

In De Roos was het lekker druk, maar Maarten moest ruim op tijd geweest zijn; hij had een mooi plekje bij een raam dat uitkeek op de binnentuin van het restaurant. Jammer genoeg was het te koud om buiten te zitten. De kastanjeboom waar je in de zomer zo heerlijk onder kon hangen, stond er naakt en troosteloos bij. Niemand had de moeite genomen de gele bladerzee op te ruimen, die zich aan de voet van de boom gevormd had. De wind maakte daar nu dankbaar gebruik van.

'Hé meid,' zei Maarten. Hij stond op en drukte haar stevig tegen zich aan. Verbeeldde ze het zich of hield hij haar langer vast dan anders? Inniger?

Uitgebreid bestudeerde Maarten de kaart. Laura zag het meteen: een stokbroodje brie was prima en een glas sap.

'Geen wijntje?'

'Nee, ik ga nog winkelen vanmiddag en dan moet de avond nog beginnen.'

Maarten koos voor 'een simpel lasagna-schoteltje', zoals hij het zelf noemde en verontschuldigde zich omdat hij toch wel erg veel trek had in een glaasje wit. Een klein zwartharig meisje kwam het allemaal efficiënt invoeren in haar computertje.

'Heb je alles?' vroeg Maarten met een plagerig lachje, toen ze maar op haar schermpje bleef turen.

Hij zat toch niet met dat kind te flirten? Dacht hij soms dat Laura niks in de gaten had?

'En hoe was jouw week?' vroeg hij nu plompverloren. 'Begin eens bij het begin.'

Over maandagavond had ze het niet, dat kwam vanzelf. Braaf gaf ze een iets gedetailleerder verslag van haar verjaardag en vertelde zelfs wie 'die andere mensen' waren die 's avonds haar verjaardag hadden opgevrolijkt.

'En vanavond vier ik het met vrienden, in De Fuik.'

'O gezellig! Mag ik een bijdrage leveren? Voor een rondje of iets dergelijks?'

Laura aarzelde.

'Ja, je krijgt ook nog een cadeautje hoor, zo is het niet.'

'Dat snap ik wel, maar...'

Maarten trok zijn portemonnee en schoof een briefje over tafel naar Laura toe. Het was lief bedoeld van hem, maar het voelde op de een of andere manier als afkopen.

'Steek het nou maar in je tasje, anders waait het weg.'

Nadat Laura het geld opgeborgen had, was de beurt aan Maarten. Hij vertelde hoe alles verlopen was in Praag en benadrukte dat hij er vooral ook zo graag een keer met háár naartoe wilde.

Juist op dat moment plantte het meisje een dienblad op het hoekje van hun tafel en schoof de bordjes voor hun neus.

'De wijn is voor?'

'Meneer,' zei Laura.

Maarten schoot in de lach, een overdreven harde lach. Duidelijk bedoeld voor het meisje.

'Dan is de jus d'orange zeker voor mevrouw?' zei het kind, terwijl ze een hoog glas voor Laura neerzette. Ze wierp een samenzweerderige blik op Maarten. Nou ja, gingen die twee haar een beetje zitten uitlachen! Wat had ze dan moeten zeggen: voor die jongen daar? Die jongen van 45! Chagrijnig nam ze een slok van het sap. Het was wel lekker, gelukkig. Opeens dacht ze weer aan Maartens laatste opmerking.

'Met mij naar Praag?' vroeg ze, terwijl ze haar glas neerzette. 'Dat zal Nicolet niet leuk vinden. Zíj wou daar toch zo graag een keer met jou heen?'

'Wanneer?'

'Vroeger!'

Maarten fronste kort.

'Is dat zo?' vroeg hij.

'Já! Ze had een fotoboek over Praag meegenomen uit de bieb en er met jou over gesproken.'

Maarten gaf geen antwoord.

'Er stond een brug op de voorkant met allemaal beelden.'

'Dat zal best! Dat is de beroemdste brug van Praag, maar ik herinner het me niet zo. Tenminste niet dat het echt zo'n teer punt was.'

Laura keek hem aan. Hij meende wat hij zei, dat was duidelijk. Hij wist het gewoon niet meer. Blijkbaar konden mensen dus met elkaar onder één dak leven, een relatie hebben en dan toch zo langs elkaar heen leven. Wat voor de één belangrijk was, een gekoesterde wens, werd door de ander nauwelijks opgemerkt. Nu achteraf was het iets waar Nicolet verbitterd over was, een nacht van wakker had gelegen en hij? Hij herinnerde het zich niet zo.

Laura had haar broodje bijna op toen Maarten eindelijk over de tuin begon.

'Ja, dat was wel een verrassing, die rododendrons,' zei hij. 'Ik zag ze vanmorgen pas, toen ik wilde inspecteren hoe de boel erbij stond.'

Hij keek Laura vluchtig aan.

'Ik vermoedde natuurlijk meteen dat jij hier iets mee te maken had, maar...'

'O ja, waarom dan?'

Even een kleine quiz tussendoor.

'Nou eh, ja, die dingen kwamen bij het oude huis vandaan.'

'Nicolet had het ook kunnen doen, toch?'

'Die zag ik daar niet zo gauw toe in staat en bovendien zijn ze ook meer van jou. En van Flo.'

'Dus dat weet je nog wel?' vroeg Laura. Ze voelde hoe

haar kin begon te trillen. Niet huilen nu, daar had ze totaal geen zin in. Gauw nam ze een grote slok sap.

'Maar lieverd, natuurlijk weet ik dat nog.'

Maarten stak een arm uit. Hij gebaarde met zijn hand: ze moest dichterbij komen zodat hij haar even over haar hoofd kon aaien. Maar Laura bleef stokstijf zitten.

'Wanneer hebben we ze gekocht?'

'Toen eh... toen Flo geboren was,' zei hij een beetje uit het veld geslagen.

'En weet je nog wat je toen tegen mij hebt gezegd?'

De vraag bleef in de lucht hangen. En even, heel even was Laura bang dat Maarten zou zeggen: 'Nee, dat herinner ik me niet zo. Goh, dat dat voor jou zo'n teer punt is.'

Ze zag hem zoeken naar de goede woorden.

'Dat weet ik nog heel goed, Laura. Ik zei: dat ik heel veel van je hield. En dat ik altijd van je zou blijven houden.' Nu keek hij haar recht aan. 'En dat is ook zo. Maar blijkbaar voel jij dat niet altijd.'

Laura slikte en ze moest even blijven slikken. Ze had geen zin in een vertoning hier middenin De Roos. Ze had genoeg gehoord.

'Zei de buurvrouw nog iets?' vroeg ze.

'Ja, die had een meneer aangetroffen in de tuin, die – zoals zij dacht – planten stond uit te graven. Ze had hem weggejaagd, vertelde ze.'

Laura kon een glimlach niet onderdrukken.

'Wie was dat eigenlijk?'

'O, dat doet er niet zoveel toe.'

'De buurvrouw dacht dat hij een jaar of veertig was. Hij leek op een advocaat die ze wel eens geraadpleegd had.'

'Toevallig.'

'Je hebt toch geen affaire met een veertiger, hoop ik?' Hij spuugde het woord uit alsof veertigers wel het smerigste soort was wat er bestond.

Laura's glimlach werd breder.

'Nee, hoezo?'

Maarten leek opgelucht. Zou hij zich meer zorgen gemaakt hebben over haar eventuele vriend van veertig dan over die hele rododendrons?

'Het had gekund toch? Hoe heb je die man dan zo gek gekregen om dat voor je te doen?'

'Hij had iets goed te maken.'

'Iets goed te maken?'

De ongeruste trek op Maartens gezicht was terug. Had hij meteen in de gaten wat er aan de hand was?

'Er is je toch niks naars overkomen, Lau?'

Laura trok met haar schouders.

'Hé kom op, je moet geen geheimen voor me hebben.'

'Misschien niet,' zei Laura. Ze had geen zin Maarten alles over Peer te vertellen. Hij zou razend worden en Peer de waarheid vertellen of erger. Dat hoefde niet voor haar. Haar wraak was zoet genoeg geweest.

'Ja maar, je moet dat soort dingen echt niet voor je houden, Lau. Dat is niet goed. Heb je er met Nicolet over gesproken?'

'Nee.'

Maarten vouwde zijn servet op, net iets te wild. Hij wond zich op over iets. Vond hij echt dat hij nog steeds het recht had alles van haar te weten? Ze was zestien! En bovendien: wat deed hij zelf?

'Mensen hebben nou eenmaal geheimen,' zei ze raadselachtig. 'Daar ben ik wel achter.'

Maarten keek haar vragend aan.

'Ooit heb ik iemands overhemd mee naar huis genomen,' begon Laura. 'Ik wilde het bij me houden, zodat ik het gevoel had, dat die iemand bij me was, ook als hij er eigenlijk niet was.'

Er verscheen een moeilijke trek op Maartens gezicht.

Hij begreep haar, dat zag ze, maar hij wist niet wat hij ervan moest denken en al helemaal niet wat hij erbij moest voelen.

'Dat overhemd rook vertrouwd, precies wat ik zocht,' ging Laura verder. 'Tot ik in het borstzakje een kartonnetje met foto's vond. Daarop stond een vreemd gezicht. Een gezicht van iemand die ik nog nooit gezien had, maar van wie de man kennelijk hield. Waarom zou hij haar anders bij zich gedragen hebben?'

'Jezus, Laura,' fluisterde Maarten.

'Toen heb ik begrepen dat mensen geheimen hebben en dat ze misschien soms redenen hebben om dingen niet te vertellen.'

'Die had ik.' Maarten staarde naar het tafelblad. Het duurde voor Laura's gevoel wel een minuut of drie voordat hij zelfs maar met zijn ogen knipperde.

'En zo is het ook met jouw veertiger?' vroeg hij toen.

Het was alsof Laura langzaam terugkwam uit een andere wereld. Een wereld, waarin alles trager bewoog, in golven. Haar veertiger?

'Ja,' zei ze. 'Dat is ook zo'n geheim, ook zoiets wat maar beter niet verteld kan worden.'

Feest!

Die avond in De Fuik waren ze er allemaal: Koos, Titus,
Kiki, Nadia en nog wat mensen uit andere klassen. En
Milan. Eigenlijk had hij gewild dat Koos de hele avond
met hem op de bank ging zitten video kijken, vertelde
Koos aan Laura. Haar gezichtsuitdrukking was duidelijk.
Laura kende haar lang genoeg om te weten dat ze er
spuugchagrijnig over was.
'Dus nu is hij maar meegekomen, met krukken en al. Ik
hoop dat hij zich gedraagt.' Koos zuchtte. 'Goeiedag, ik heb
hem wel beter leren kennen in blessuretijd.' Milan zat met
een gekweld gezicht aan de tafel, een beetje opzij gedraaid
alsof hij vooral wilde benadrukken dat hij eigenlijk niet
bij dit groepje hoorde. Zij waren natuurlijk niet kinky
genoeg, dat begreep Laura wel, hoewel hij er met die inge-
zwachtelde voet ook niet bepaald spetterend uitzag.
Titus stootte Laura aan en hief zijn glas.
'Hé Lau, op jou!'
Ja, weer zei hij Lau, dat ontging haar niet. In de groep
werd gejoeld, glazen tikten tegen Laura's glas, ze werd toe-
gelachen en zelfs toegezongen. Dat laatste was de schuld
van Titus die langzaam inzette: 'Lang zal ze leven!'
Naar Laura's protest: 'Nee gek, hou op!' werd niet
geluisterd. Iedereen zong onverstoorbaar verder. Er waren
cadeautjes: lekkere geurtjes, donkerpaarse lipstick (Kiki
natuurlijk!) en oorbellen (van Nadia, echte Nadia-belle-
tjes). Titus deed geheimzinnig met zijn pakje, hoewel het
van drie kilometer duidelijk was dat er een cd in zat.
'Zelf samengesteld en hoogstpersoonlijk voor jou alleen
gebrand,' zei hij. 'Al mijn favoriete nummers en als het

niet ook jouw favoriete nummers worden, heb je geen smaak.'

'Pfff,' deed Koos. 'Mag ze dat ook nog zelf uitmaken?'

Laura keek naar het doosje. Titus had er een mooi voorkantje bij gedaan en alle titels van zijn lievelingsnummers in een gelijkmatig handschrift erop gezet. Verrast keek ze hem aan. Hij boog zich iets naar haar over, zijn glimmende ogen waren vlakbij. Ze wilde hem op zijn wang zoenen om hem te bedanken, maar hij pakte haar met beide handen bij haar schouders en trok haar naar zich toe, waardoor het meer een stevige knuffel werd, inniger dan haar bedoeling was geweest. Verward maakte ze zich uit zijn omhelzing los. Titus' blik was even aardig, even lief als altijd. Nou ja, wat gaf het, ze was jarig en het was feest!

Milan dacht daar duidelijk anders over. Hij was inmiddels in een knorrig gesprek met Koos verwikkeld.

'Je weet best dat mijn voet in de avond heel erg begint te steken en te tintelen,' hoorde Laura hem zeggen. 'En ik voel het nu al hier achter mijn knie.' Even leek het erop alsof Milan zijn broek zou gaan opstropen om het heel precies te laten zien. Aan alle aanwezigen.

'Nou,' zei hij. 'En dan kun je de klok erop gelijkzetten, dan duurt het nog krap een half uur en dan is het on-houdbaar. Dus de tijd begint te dringen.'

'Ja, maar ik zit hier toevallig wel op het feestje van mijn beste vriendin,' zei Koos. 'Ik heb nog helemaal geen zin om naar huis te gaan.'

'Geen zin, geen zin,' herhaalde Milan alsof dat totaal geen argument was.

'Je bent hier toch ook naartoe gefietst?'

'Ja, maar ik vind het gevaarlijk om in mijn eentje te fietsen. Als er wat gebeurt, dan lig ik.'

'Heb je je mobieltje bij je?' vroeg Koos. 'Als je belt, dan kom ik. Maar je kan het toch wel zelf proberen?'

Stuurs keek Milan voor zich uit. Titus gaf Laura een knipoog.

'Zullen we nog wat halen?' vroeg Laura.

Zonder op antwoord te wachten vroeg ze de kring rond wat iedereen wilde en schreef de bestelling op een bierviltje. Titus liep al voor haar uit.

'Zeg het eens, schoonheid,' zei de jongen achter de bar. 'Wat zie je er weer stralend uit!'

'Ze is jarig,' zei Titus.

'Ooo, ben jíj de jarige? Kom hier!' De jongen strekte zijn handen uit en zoende Laura op haar beide wangen. 'Rondje van de zaak!'

Toen pas zag Laura Peer staan.

'Dag Laura,' zei hij effen.

'Dag Peer. Ik eh...' Ze kon het niet laten even naar zijn broek te kijken alsof ze verwachtte dat de modder van maandagnacht daar nog aan kleefde.

'Dus vandaag ben je jarig?' vroeg Peer.

'Afgelopen dinsdag,' zei Laura. 'Toen werd ik echt zestien.'

Peer knikte. Het 'sweet sixteen' kwam niet meer over zijn lippen.

'Wou Koos nou nog wat drinken? Of moet ze met die gozer mee naar huis?' vroeg Titus.

'Ja, wat een onzin, hè? Hij beweert dat hij niet alleen kan fietsen!'

'Wie? Die deegsliert met die krukken?' vroeg de barjongen.

'Ja,' zei Laura.

'Daar is toch wel iets op te verzinnen.' De jongen keek rond. Opeens bleven zijn ogen op Peer rusten.

'Jij zei toch dat je naar huis ging?'

'Ja-a,' aarzelde Peer. 'Ik kwam net afrekenen.'

'Kan jij die knul niet even afzetten? Je bent toch met de auto?'

'Waar woont hij?'

'Aan de Blauwe Kruisweg,' zei Laura. 'Ongeveer ter hoogte van dat huis met die roze struiken ervoor.' Of het precies daar was, wist ze niet zeker, maar het was zo heerlijk om het nog even hardop te kunnen zeggen met al die mensen om haar heen, terwijl alleen Peer en zij wisten waarom ze het zó zei.

Peer keek van de een naar de ander. Je kon zien dat hij er totaal geen zin in had, maar hoe zou hij kunnen weigeren? De Blauwe Kruisweg was voor hem nauwelijks om.

'Oké.'

Laura en Titus liepen met bladen vol glazen terug naar het tafeltje in de hoek.

'We hebben een lift voor je georganiseerd,' zei Titus. 'Die vent daar, kijk, hij staat al op je te wachten, die brengt je even thuis.'

'Is dat wel vertrouwd?' fluisterde Koos.

Laura giechelde. 'Milan heeft toch krukken bij zich?' zei ze. 'Eén tik op de vingers en papa legt zijn kluifjes zo weer op het stuur.'

Met tegenzin hees Milan zich overeind en strompelde naar de deur. Peer keek ook niet blij toen hij naar buiten stapte.

'Zo onbeleefd,' zei Laura. 'Hij groet niet eens.'

Het werd laat die avond of liever: die morgen.

Laura herinnerde zich 's ochtends niet precies hoe ze naar huis gefietst was. Ze was er gekomen, zeker, anders lag ze nu niet in haar bed, maar hoe ze dat voor elkaar gekregen had? De gebeurtenissen van die avond tolden door haar hoofd: de gesprekjes, het lachen, het onbedaarlijke lachen, de lieve cadeautjes en het gevoel dat ze omringd was door een kring echte vrienden. Het was een raar jaar geweest, maar vlak voor de drempel naar de zestien leek alles goed te zijn gekomen. Koos was weer dichterbij haar, Maarten begreep haar beter dan voorheen. En ze had Peer goed laten merken dat ze niet over zich liet lopen. Het voelde zo fantastisch dat ze er niet van kon slapen. Ze had zin om weer uit bed te gaan en door haar kamer te dansen. Misschien wel om de cd van Titus op te zetten. Gekke Titus. Bij het naar huis gaan toen ze haar fiets niet los kon krijgen, had hij het voor haar gedaan en ze hadden gezoend. Ze wist zelf niet meer hoe dat kwam. Was hij begonnen? Het was wel raar, een beetje onwennig. Een goed begin van een nieuw jaar, zei ze tegen zichzelf en schoof de cd in haar discman.

Anneke Scholtens over Laura

Laura's ouders zijn net gescheiden en zij heeft het er moeilijk mee. Met het feit dat haar vader weg is, maar vooral
ook met het stille verdriet van haar moeder. Hoewel mijn
ouders nooit gescheiden zijn, is dat laatste voor mij heel
herkenbaar. Zelf had ik als kind voortdurend het gevoel
dat mijn moeder een 'stil verdriet' had en dat ik voorzichtig met haar moest zijn. Rond mijn zestiende ging ik daar
wel heel anders mee om dan Laura: ik begon juist geweldig om me heen te schoppen.

Daarnaast stoort Laura zich aan het 'dubbele' gedrag
van de volwassenen om haar heen: haar vader, die 'een
geheim' had bij de scheiding, terwijl hij van Laura verwacht dat zij hem alles vertelt. Ook meent hij dat ze per se
haar verjaardag moet vieren, terwijl hij zelf niet eens in
het land is rond die tijd. Net als Laura vond ik de volwassenen om mij heen (ouders en leerkrachten) beweterig en
bemoeizuchtig, terwijl ze zelf niet half waarmaakten wat
ze mij voorhielden.

Laura trekt zich aanvankelijk terug. Ze denkt dat dat de
beste manier is om te overleven, maar geleidelijk komt ze
meer tevoorschijn en laat ze de kritiek, waar ze in stilte op
heeft zitten broeden ook hóren. Dan krijgt ook de oppas-
vader ervan langs, die dacht te hebben gezien wat voor
soort meisje Laura is: zo één die toch wel haar mond
houdt. Die haar boosheid eerder richt op zichzelf dan op
de buitenwereld. Dat blijkt een vergissing.

Herken jij jezelf in Laura?
Je kunt me mailen: annekescholtens@hotmail.com

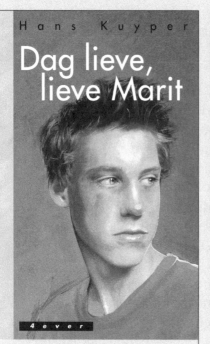

Hans Kuyper

Dag lieve, lieve Marit

4ever

Als Marit op de eerste dag na de kerstvakantie de klas binnenwandelt, kan Cas zijn ogen niet geloven. Zo iemand als zij heeft hij nog nooit ontmoet. Toch duurt het nog een paar maanden voor er iets moois opbloeit tussen hem en Marit. Tijdens een droomvakantie in de sneeuw weet hij het zeker: dit is voor altijd.

Maar eenmaal terug, slaat het noodlot toe en Cas komt voor de moeilijkste beslissing van zijn leven te staan. Wat betekent 'voor altijd' als er geen toekomst meer is?

Anneke Scholtens

Laura's eiland

4ever

Haar beste vriendin heeft verkering en haar ouders zijn net uit elkaar. Laura moet zich maar in haar eentje zien te redden. Als de vader van haar oppaskinderen haar in vertrouwen neemt, voelt ze zich gevleid. Maar als hij haar op een avond probeert te zoenen, vlucht ze de auto uit en voelt ze zich schuldig, vies en alleen. Laura trekt zich terug in zichzelf, 'op haar eiland', zoals ze dat noemt, veilig en onaanraakbaar. Dan groeit er een nieuwe zelfverzekerdheid in haar.

Cas, Laura, Floor en Samir zitten in de bovenbouw van het Rhijnvis Feithcollege. Een stormachtig jaar, waarin ieder een eigen verhaal heeft.

Judith Eiselin

De echte Floor

Lydia Rood

Sammy of Samir?

4 ever

4 ever

Daniël is een dromer, een stuk en al heel volwassen, vindt Floor, die al in de eerste week van het vierde jaar tot over haar oren verliefd wordt. Voor het eerst echt en wederzijds. Gek genoeg is het niet Daniël, maar haar toneelrol die ervoor zorgt dat Floor zichzelf beter leert kennen. Eigenlijk is hij helemaal niet zo'n held, ontdekt ze. Eigenlijk is Daniël een bange jongen met een grote bek. Maar kan ze hem al loslaten?

Onder de naam Sammy Soutendijk schrijft Samir stukjes in de school-krant. Alleen daarin kan hij zichzelf zijn, want hij voelt zich niet de Marokkaan die iedereen in hem ziet. Als de tekenleraar zijn geheim ont-dekt, veranderen er dingen voor Samir. Nu merkt hij dat de leerlingen uit hogere klassen hem en zijn gedichten waarderen. En doordat hij droomt van Isis, het mooiste meisje van de school, merkt hij niet meteen dat een leuke klasgenote verliefd op hem is. Niet op Sammy, maar op hem: Samir!